I got a cheat ability in a different world, and became extraordinary even in the real world.
異世界でチート能力《スキル》を手にした俺は、現実世界をも無双する
GIRLS SIDE
ガールズサイド
2
～華麗なる乙女たちの冒険は世界を変えた～
「こ、こっちを……見るな……」
Character
ルナ
レクシアの護衛を務めている、元・凄腕暗殺者。奔放すぎるレクシアの言動に振り回されながらも彼女の旅に同行している、王女の大切なお守り役
JN038069

Character
ノエル・
フリージア
ロメール帝国で首席宮廷魔術師の任に就く少女。魔導開発院初代筆頭でもある彼女だが、とある理由で帝国を脱け出し、レクシアたちと出会う
「誰もが安心して暮らせるように、
もっと便利な魔導具を
たくさん発明して普及させたい。
この国のみんなのためにも、
姉さんのためにも……」

ロメール帝国の姉妹
Character
フローラ・フリージア
ノエルの姉。妹想いの心優しい性格の持ち主。ロメール帝国の宮廷魔術師の次席に就いており、ノエルとともに、規格外な魔術の才能を有している
「ノエルと一緒に、
魔法で多くの人を救いたい。
ノエルがいれば、きっと
帝国中の人々を幸せにできる……」

005　プロローグ
018　第一章　捕獲大作戦
052　第二章　ロメール帝国
093　第三章　帝都
136　第四章　氷の呪い
195　第五章　修行と温泉
256　第六章　姉妹の絆
295　エピローグ
306　後日譚　温かな食卓
316　あとがき

Contents

I got a cheat ability in a different world, and became extraordinary even in the real world. GIRLS SIDE 2

「ひゃわあ!? れ、レクシアさん、くすぐったいです〜……っ!」
「あら? ティト、また胸が大きくなったんじゃない?(ぷにぷに)」

Character
ティト

『爪聖』の弟子でもある"白猫"の獣人の少女。レクシアたちと出会い、修行も兼ねて、彼女たちに同行することに。ロメール帝国の辺境が故郷

Character
レクシア・フォン・アルセリア

悩める人々を救う旅に出発した、アルセリア王国の第一王女。自由に世界を巡る旅を楽しみたいのが本音だが、人助けをしたいという気持ちは本物

異世界でチート能力《スキル》を手にした俺は、現実世界をも無双する ガールズサイド2

～華麗なる乙女たちの冒険は世界を変えた～

琴平 稜

原案・監修：美紅

ファンタジア文庫

3291

口絵・本文イラスト　桑島黎音

異世界でチート能力《スキル》を手にした俺は、現実世界をも無双する ガールズサイド 2
～華麗なる乙女たちの冒険は世界を変えた～

I got a cheat ability in a different world, and became extraordinary even in the real world. GIRLS SIDE 2

Ryo Kotohira original:Miku illustration:Rein Kuwashima

プロローグ

窓の外、雪がしんしんと降っている。

暖炉には、本物の炎でも魔法でもない不思議な光が燃え、部屋を暖めていた。これは魔鉱石というこの国で採れる特殊な鉱石を用いた灯火で、手軽に暖を取ることができ、この国では重宝されている。

灰色の髪を肩まで伸ばした二十代半ばの女性――フローラは、器にシチューをよそいながら、机に向かっている少女の背中に声を掛けた。

「ノエル、聞いたわよ。またあなたの作った魔導具が、村を救ったんですって？」

ノエルと呼ばれた眼鏡を掛けた少女は、机に広げた設計図に没頭しながら「うん」と言葉少なに頷《うなず》く。

フローラは湯気の立つ器を食卓に置くと、微笑《ほほえ》んだ。

「本当にすごいわね、帝国中の人が、あなたに感謝と期待を寄せているわ。私も宮廷魔術師の次席として、もっともっとがんばらなくちゃね！　力ない人たちを救うことこそが、私たちのような魔法という特別な才能を授かった人間の使命なんだから！」

「…………」

ノエルが机から顔を上げる。

氷のように淡い水色の瞳が、眼鏡の奥からフローラを見つめた。

「……姉さん、私ね──」

＊＊＊

灼熱《しゃくねつ》の太陽が照り付ける、砂の海。

砂漠を行く三人の少女──レクシアとルナ、ティトは、空を見上げて絶叫していた。

「「「え……え……えええええええええええ⁉」」」

アルセリア王国の王女であるレクシアが「世界を救う旅に出るわ！」と護衛のルナを連れて国を飛び出したのは、しばらく前のこと。

そんな破天荒な旅に、希少な白猫の獣人であり、爪術《そうじゅつ》の頂点を極めた『爪聖《そうせい》』の弟子である少女、ティトが仲間に加わった。

三人はサハル王国に渦巻く陰謀を解決し、たくさんの人に感謝されながら、サハル王国を後にしたのだが――

そんな三人めがけて、青い空から何かが落ちてきたのだ。

それは、一人の女の子だった。

「「「えええええええええええ!?」」」

三人の絶叫がきれいに重なる。

「なななななんで空から女の子が!?　っていうか、どうすればいいのーっ!?」

この旅の発案者であり、アルセリア王女であるレクシアが、翡翠《ひすい》色の瞳をめいっぱい見開いて慌てる。

その隣で、護衛のルナがいち早く混乱から脱した。

「『蜘蛛《くも》』！」

技によって愛用の武器である糸を瞬時に編み上げ、網を作る。

「とにかく受け止めるぞ！　網の端を持って、思い切り引っ張れ！」

「！　はいっ！」

猫耳の生えた少女――ティトが頷き、レクシアも我に返る。

「わ、分かったわ！」

三人はルナが作った網の端を持つと、めいっぱい広げた。

「来るわよ！」


「「「せーのっ！」」」


ぽすっ！

間一髪、落ちてきた少女を受け止める。

「わっ！　ま、ま、間に合いましたぁ～っ……！」

「ふう。どうなるかと思ったけど、さすがね、ルナ！」

「しかし、この子は一体？」

気を失っている少女を、砂の上にそっと降ろす。

少女は眼鏡を掛け、奇妙な装飾の付いた服に身を包んでいた。背中には重たそうな背負い袋を負っている。ショートカットの灰色の髪はひどく乱れているが、苦しんだり怪我《けが》をしている様子はない。

「びっくりしたけど、無事で良かったわ！　でも、どうして空から落ちてきたのかしら？」

「あっ、見てください！　空に何か浮かんでいます……！」

ティトが空を仰いで、青空に浮遊する物体を指さす。

それはカラフルな布で作られた巨大な球体だった。その下に、人が乗れるほどの大きさの籠がぶら下がっている。

見慣れない物体に、レクシアが好奇心を露《あら》わにして伸びあがった。

「何かしら、あれ⁉　あんなもの初めて見たわ！」

「大きな籠がぶら下がってるな」

「……も、もしかして、あれに乗って空を飛べる……とか……？」

「ええっ⁉　だとしたらすごいわ！　空飛ぶ乗り物なんて、色んな国が喉から手が出るほど欲しがるわよ⁉」

「もしあれが乗り物だとすると、この少女はあの球体から落ちてきたのか？　い、一体何者なんだ……？」

「ねえ、早く追いかけましょう！　この子の手がかりになるかもしれないわ！　それに乗ってみたいわ！　私、空を飛ぶの初めて！」

今にも走り出しそうなレクシアを、ルナが引き留める。

「待て！　あの球体、煙が上がっているぞ……？」

「そ、それに、変な音がします」

ルナとティトの言うとおり、空飛ぶ球体から黒煙が上がると共に、ぷす、ぷすぷす……

と不穏な音が聞こえてくる。

何事かと見守るレクシアたち、その視線の先で。


ドガアアアアアアアアアンッ！


爆音と共に、球体が粉みじんに爆発した。

「「「え、えええええええ……？」」」

唖然《あぜん》と立ち尽くしながら、ばらばらと砂漠に散っていく破片を為《な》す術《すべ》もなく見つめる。

すると爆音で目が覚めたのか、少女がゆっくりと瞼《まぶた》を開いた。

「っ、あ……？」

「！　目が覚めたのね！」

レクシアたちに支えられながら、少女がゆっくりと身を起こす。

「私……？」

「覚えてないの？　空から落ちてきたのよ。ねえ、あなたは一体何者なの？　あの空飛ぶ乗り物はなに？　どうやってあんなに大きな物を浮かせているのっ？」

さっそく目を輝かせて質問攻めにするレクシアを、ルナが止めた。

「待て、あまり一所《ひとところ》に長居すると、魔物が寄ってきて危険だ。ひとまず安全な場所に移ってから——」

ルナの言葉半ばに、ティトの猫耳がぴくっと動いた。

「！　来ます！」

「え？　く、来るって、何が……——」

少女が疑問を口にするよりも早く、砂の中から巨大な口が躍り上がった。

「ゴガアアアアアアアアアッ！」

「び、【ビッグ・イーター】……!?」

少女がひきつった悲鳴を上げる。

岩さえ噛《か》み砕く強度を誇る顎に、びっしりと並んだ鋭い牙。砂中に潜んで獲物をひと呑《の》みにする、砂漠の食物連鎖の頂点に君臨するA級の魔物だ。

砂漠において、ビッグ・イーターとの遭遇は、即《すなわ》ち死を意味した。

「ガアアアアアアアアッ！」

「い、いやあああああああっ！」

巨大な口が迫り、少女が悲鳴を上げる。

しかし。

「──『桎梏《しっこく》』」

涼やかな声が響き、四人に食《く》らい付こうとしたビッグ・イーターの動きがぴたりと止まった。

「ゴ、ゴギャ、ギャ……⁉」

「な、何が起こってるの……⁉　あ、あれは……糸……⁉」

ビッグ・イーターを搦《から》め捕る糸を見て、少女が目を瞠《みは》る。

レクシアが、少女を安心させるようにその肩を抱きながら微笑んだ。

「安心して、ビッグ・イーターなんて目じゃないわ。私の仲間はとっても強いんだから！」

二人の視線の先で、ルナは愛用の武器――糸を繰りながら、かぶりを振った。

「やれやれ、やはり長居は無用だな。早く片付けて、落ち着ける場所に移動するぞ」

「ゴガッ、ゴガアアアアアア！」

ビッグ・イーターが怒りの咆哮《ほうこう》を上げながら身悶《みもだ》え、糸がぎちぎちと軋《きし》む。

常人であれば卒倒するような迫力に、しかしルナは一切怯《ひる》むことさえなく不敵な笑みを浮かべた。

「随分腹を空《す》かせているようだが、相手が悪かったな。――ティト！」

「はいっ、一瞬で終わらせます！」

ティトがビッグ・イーターの巨体めがけて跳躍する。

大きく振り上げられた爪が光を纏《まと》った。

「【奏爪《そうそう》】ッ！」

「ゴ、ガ、アアアアアアア!?　ゴガ、ガ……ガッ……」

強化された爪による無数の斬撃が走り、全身を切り刻まれたビッグ・イーターは、断末魔の叫びを残して砂漠の風に消えていった。

「なっ⁉　A級のビッグ・イーターを、一瞬で細切れに……⁉」

「ね、言ったでしょ？　私の自慢の仲間なの！」

「つ、強すぎる……私と同じくらいの女の子たちが、どうしてこんなに……──」

少女はしばし呆気《あっけ》に取られていたが、ビッグ・イーターという脅威が去ったことで我に返ったらしい。

「あ、あれ？　そういえば、ここは……」

砂漠を見渡しながら記憶の糸を手繰っていたが、自分の下に敷かれている網を見て、レクシアたちに助けられたことを悟ったらしい。

慌てて頭を下げる。

「た、助けてくださってありがとうございます……！」

「いいのよ、困ってる人がいたら助けて当然だもの。なんていったって私たち、世界を救う旅の途中なんだから！」

「せ、世界を救う旅……⁉」

たった三人の少女が世界を救うなど、聞く人が聞けば荒唐無稽な与太話だと笑い飛ばすかもしれない。

しかし、ルナたちの規格外な強さを目《ま》の当たりにした少女の双眸《そうぼう》には、希望の光が灯《とも》っていた。

「A級の魔物を瞬殺する無類の強さに、世界を救うという崇高な理念……この人たちなら、もしかして……――」

アイスブルーの瞳が見つめる先、レクシアはルナとティトに駆け寄った。

「二人とも、お疲れ様！　とってもカッコよかったわよ！」

「えへへ、ありがとうございます！」

「それにしても、また強くなったんじゃない？」

「まあ、お前がしょっちゅう無茶を言うおかげで鍛えられたからな」

「ふふ、それほどでもあるわ！」

「褒めてない。はあ、いつも危険を顧みず事件に首を突っ込んで……命がいくつあっても足りないぞ」

「確かに、時々ちょっと心配になりますね……」

「大丈夫よ、私だって成長したもの。なんたって、魔法でキメラを倒したんですからね！」

「その話、未《いま》だに信じがたいんだが……」

「本当なんだからーっ！」

「あ、あの、それより、あの方は……？」

「あっ、そうだったわ！」

レクシアは我に返ると、少女を振り返った。

「ところで、あなたは――」

するると、少女が三人に向かって頭を下げた。

「お願いです、どうか私たちに力を貸してください……！」

真に迫った表情と勢いに、三人は思わず目を丸くする。

「え？　え？」

「力を貸してって、一体何が……――」

ただならぬ雰囲気に息を呑む。

その時、くるるる、と可愛《かわい》らしい音がした。

「？　何の音だ？」

「おなかの音……みたいですけど……」

「はあ。レクシア、お前こんな時に……」

「違うわよ!? ちゃんと朝ご飯食べたもの！　何よその目!? 私じゃないってばーっ！」

「……あの……すみません、私のおなかです」

三人が振り返った先。

眼鏡の少女が、気まずそうに手を挙げていたのだった。

「すみません、食料が尽きて、しばらく飲まず食わずだったもので」

「それは大変だったわね。遠慮せず、好きなだけ食べてね！」

「ありがとうございます」

テーブルいっぱいに並んだ料理を前に、少女が頭を下げる。

あの後、レクシアたちは近くの町に移動し、食事を摂《と》りながら事情を聞くことにしたのだった。

昼食時で賑《にぎ》わう食堂の奥まった席で、レクシアは少女に笑いかけた。

「いろいろ質問するけど、食べながらでいいからね！」

――雪花石膏《せっこう》のような肌に、陽光を切り抜いたような金髪。零《こぼ》れそうに大きい翡翠《ひすい》色の瞳。天衣無縫を体現したような闊達《かったつ》さでありながら、その佇《たたず》まいからは宝石のごとき美貌と気品が溢《あふ》れている。それもそのはず、その正体はアルセリア王国の第一王女である。

レクシアが興味津々《きょうみしんしん》で身を乗り出す。

「それで、さっそくなんだけど、あなたは何者なの？」

アイスブルーの瞳をした少女は、パンをちぎる手を止め、折り目正しく頭を下げた。

「改めて、助けてくださってありがとうございます。私はロメール帝国からきました、ノエル・フリージアといいます」

「！　ロメール帝国って……」

眼鏡の少女――ノエルの言葉に、ティトが猫耳をぴんと立てる。

白くて長い髪に、大きな猫耳。その背後では、ふさふさのしっぽが揺れている。希少な白猫の獣人であるティトは、『爪聖《そうせい》』の弟子として砂漠で暮らしていたが、生まれは北の地――まさに件《くだん》のロメール帝国だった。ただ、故郷では様々なことがあったため、その顔には懐《なつ》かしさと複雑な感情が混ざったような表情が浮かんでいる。

「ロメール帝国といえば、北方の大国だな」

料理を頬張るノエルを見ながら、ルナが驚いたような表情をする。一つに結んだ絹のごとき銀髪に、青い宝石を思わせる涼しげな瞳。華奢《きゃしゃ》ながらも美しく鍛えられた身体《からだ》。かつては【首狩り】と恐れられた凄腕《すごうで》の暗殺者であったが、今はレクシアの護衛兼お守《も》りとして行動を共にしている。

「ロメール帝国は寒冷な気候で、一年の大半が雪に閉ざされていると聞く。ここからだとかなり遠いが……まさか、さっきの空飛ぶ球体に乗ってここまできたのか？」

「そうよ、さっきのあれは何だったの⁉　乗り物なの⁉　あんなもの初めて見たわ！」

　レクシアが好奇心に目をきらきらさせながら身を乗り出すと、ノエルは真面目な顔で答えた。

「あれは『大空ふわふわ飛べーるくん一号』です」

「お、大空……？」

「ふわふわ……？」

「飛べーるくん一号……って、何⁉」

「私、僭越《せんえつ》ながら、ロメール帝国の首席宮廷魔術師、および魔導開発院初代筆頭をおおせつかっておりまして……」

「首席宮廷魔術師⁉　それって、ロメール帝国で随一の魔法の使い手ってことよね⁉　すごいじゃない！」

　感嘆するレクシアの隣で、ルナが疑問を口にする。

「しかし、魔導開発院とは？」

「最近新設された、魔導具の開発・研究を行う組織です。魔法が使えない人でも便利に暮らせるような魔導具を開発しています。先ほどの『大空ふわふわ飛べーるくん一号』も私が魔導開発院で発明したもので、ロメール帝国で発掘される魔鉱石という特殊な鉱石を動力源として浮遊します」

「ええっ⁉　は、発明って……⁉」

「じゃああの空飛ぶ乗り物は、あなたが作ったの⁉」

「はい」

少女はあっけらかんと肯定するが、レクシアたちは半ば放心していた。

「す、すごいわ……！　今流通している魔導具でさえ、作れる人は限られてるのに、空飛ぶ乗り物を自分で発明しちゃうなんて……！」

「ま、魔導具はいくつか知ってるが、何人もの魔術師が乗って動かしているわけでもないのに、あんな大きな物体が浮くなんて……規模が違いすぎる……！」

「あわわわ、とんでもない人と出会ってしまいました……！」

「他にもいろいろな魔導具がありますので、ご興味がおありならば、後程お見せしましょう」

ノエルがちらりと目を遣《や》った背負い袋からは、鈍く光る筒や黒い箱、絡《から》み合った色とりどりの線など、見慣れない装置が顔を出している。

「やった、ぜひ見てみたいわ！　それにしても『大空ふわふわ飛べーるくん一号』、ローメール帝国から飛んでくるなんてすごいわね！　私も乗ってみたいわ！」

「粉々に爆発したがな」

「なるほど、私が目覚めたのは『大空ふわふわ飛べーるくん一号』の爆発音だったのですか」

ノエルはルナの小さなツッコミに対して納得しつつ、ぱくぱくと料理を口に運ぶ。

「爆発の原因は、長時間連続で稼働《かどう》したためでしょう。通常使用の範囲であれば安全性は保証されていますのでご安心ください。……しかし、失敗《爆発》は成功の母。おかげで貴重なデータが取れました。ふふ、ふふふふ」

「す、すごい、一歩間違えたら爆発に巻き込まれるところだったのに、全然動揺してません……！」

「それどころか爆発にさえ前向きだぞ……⁉」

「さすがは魔導ナントカカントカ筆頭ね！　やっぱり普通とは違う、すごい子なんだわ！」

レクシアたちが感心している間にも、ノエルは料理を次々に平らげていく。

三人はその食べっぷりに見入っていた。

「しかし、よく食べるな」

「すごくおなかが減っていたんですね」

「食料が尽きるほど長い時間、空を旅していたなんて……何か、よっぽどの事情があったのね……！」

「旅……と言いますか、実は上空で制御できなくなってしまい、漂流していたのです」

「ええっ⁉　漂流って、大変じゃない！」

ちょうどノエルが一息ついたのを見て、レクシアは真剣な顔で本題に切り込んだ。

「さっき、力を貸してほしいって言っていたわね。一体何があったの？」

ノエルは姿勢を正し、眼鏡を押し上げた。

「……私には、フローラという名の姉がいます。姉も魔法に長《た》け、宮廷魔術師の次席として、共に宮廷に勤めていたのですが……」

「姉妹そろって天才魔術師ってこと⁉　すごいわ！」

「しかし、その姉が『呪王《じゅおう》の氷霊《ひょうれい》』に取り憑《つ》かれて、『氷霊憑き』となってしまったのです」

「『呪王の氷霊』？」

おうむ返しに問うルナに、ノエルが頷《うなず》く。

「はい。氷霊は、ロメール帝国に古くから伝わる邪悪な存在です。強大な呪いの力を持ち、幾度となくロメール帝国を危機に陥《おとしい》れたとか」

「なるほど……ロメール帝国には、そんな恐ろしいヤツがいるんだな」

「氷霊の伝説は、私もうっすらと聞いたことがあります。おとぎ話かと思っていましたが、本当に存在していたなんて……」

ルナが難しい顔で呟《つぶや》き、ティトがおそろしげにしっぽを震わせる。

ノエルは小さく頷いて続けた。

「氷霊は歴史上何度も封印されているのですが、ひとたび封印が解かれれば人間に取り憑き、呪いや災厄をまき散らします。氷霊に憑かれた人間は、氷霊が操るままに暴走し……そして、いずれは完全に身体を乗っ取られてしまうと言われています」

「そんな……じゃあ、ノエルのお姉さん――フローラさんは、このままじゃ……」

レクシアが言葉を失う。

ノエルは頷き、目を伏せた。

「姉は優秀な魔術師でしたが、氷霊に取り憑かれたことで暴走し、ロメール帝国は呪いによる吹雪に覆われてしまいました。ロメール帝国の帝王――シュレイマン様は事態を収めるべく姉に兵士を差し向けたのですが、姉は氷霊に操られて岩窟に閉じこもり、誰も近付くことができません。私はどうにかして姉を救う術《すべ》を探していたのですが、宮廷内で、この呪いは私たち姉妹の陰謀で、呪いで国を支配して乗っ取るつもりなのだという声が上がり……」

ルナがさもありなんと頷いた。

「魔法の才に長けた姉妹——それも首席宮廷魔術師という地位にまでつく優秀な魔術師ともなれば、恐れからそういう疑惑が上がるのも無理はないか」

「特に国の危機なんていう混乱の中にある時は、地位と実力のある人間が槍玉《やりだま》に上がりがちよね。そういうものよね、宮廷って」

「宮廷こわい……」

元暗殺者であるルナと現役王女であるレクシアは、宮廷という特殊な組織の事情が骨身に染《し》みているのだった。

そんな二人の会話に、ティトがしっぽをぷるぷると震わせる。

「私たち姉妹を糾弾する声は次第に大きくなり、シュレイマン様もついにその声を無視することができなくなって、私にも追っ手を差し向けました。今捕らえられてしまえば、姉を助け出すことは叶《かな》わなくなります。なんとか『大空ふわふわ飛べーるくん一号』で脱出したのですが、装置が壊れてこんなところまで漂流してしまい……」

「そういうことだったのか」

「それは大変でしたね……」

「ロメール帝国がそんなことになっているだなんて、知らなかったわ」

ノエルは拳を固く握りしめる。

「姉に取り憑いた氷霊の力は圧倒的です。国を覆う呪いは強大で、帝国の宮廷魔術師団さえ手も足も出なかった……ですが、みなさんがビッグ・イーターを殲滅《せんめつ》したのを見て、確信しました。あなたたちならば、あの氷霊を倒して、姉を助けられるかもしれない」

ノエルは淡い水色の瞳でレクシアたちをまっすぐに見つめた。

「このままでは、ロメール帝国は滅亡してしまいます。お願いです、どうか恐ろしい呪いの力を持つ氷霊を倒して、帝国を救ってください……！」

頭を下げたノエルに、レクシアが高らかに応じる。

「お安い御用よ！」

「そ、即答⁉」

快すぎる返事に、当のノエルさえも驚く。

ルナは額を押さえてため息を吐《つ》いた。

「はあ。レクシア、分かってるのか？　一国の安危に関わる事態だぞ。安請け合いするなと何度言ったら分かるんだ」

「だってそんな大変なこと、放っておけるわけないじゃない。それにルナもティトも、もう気持ちは固まってるでしょ？」

ルナとティトは笑って視線を交わした。

「やれやれ、相変わらず行き当たりばったりだが……まあ、次の行き先も決まっていなかったしな」

「砂漠から一転、北の帝国へ、ですね！」

レクシアは笑って、胸に手を当てた。

「というわけで、次の行き先は雪と氷の国、ロメール帝国に決定ね！　任せて、ノエル。お姉さんのことも、ロメール帝国のことも、私たちがなんとかしてあげるわ！」

「あ、ありがとうございます……！」

ノエルが深く頭を下げる。

片付いたテーブルの上で、四人は早速計画を練り始めた。

「だが、行ったところでどうするんだ？　『氷霊憑き』を解決する手がかりもないし、呪いを解く方法も分からないぞ」

ルナの言葉に、ノエルが思案しつつ口を開く。

「帝国の王家には、氷霊について記された文献が伝わっているという噂《うわさ》があるのですが……」

「王家に伝わる文献か……そういう文献があるのなら、氷霊の弱点や呪いの解き方など、解決の糸口が書いてありそうなものだがな」

「ええ。変ね、もし手がかりがあるなら、シュレイマン様が手を打たないはずはないのに……」

シュレイマンと面識があり、その人柄を知っているレクシアは、怪訝《けげん》そうな表情を浮かべる。

「もしかしたら、何か理由があるのかもしれないわ。まずはシュレイマン様に会って、話を聞かなくちゃ！」

「ですが、私は追われる身。帝国に戻ったところで、謁見が叶うかどうか……」

ノエルが苦渋の表情を浮かべるが、レクシアはそんなノエルにあっさりと告げた。

「それなら大丈夫よ。私、アルセリア王国の王女だもの」

「レクシア！」

ルナが慌てて遮ろうとするが時遅く、ノエルが目を見開いた。

「い、今、何と……⁉　ありえない言葉が聞こえた気がするのですが……⁉」

「そういえば、自己紹介がまだだったわね」

レクシアは立ち上がると、陽光を切り抜いたような金髪を払う。

「私はアルセリア王国の第一王女、レクシア・フォン・アルセリアよ！」

「やっぱり聞き間違えじゃなかった……⁉　あ、アルセリア王国の王女様⁉」

「レクシア、アーノルド様に軽々しく名乗るなと言われていただろう！」

ルナが咎《とが》めるが、レクシアはけろりとしている。

「いいじゃない、ノエルは私たちを信頼して助けを求めてくれたんだもの。信頼には誠意で応えなきゃね！」

「はあ、まったく……」

「というわけで、改めてよろしくね、ノエル！　気軽にレクシアって呼んでちょうだい！」

「た、確かに並々ならないオーラを感じてはいましたが……まさか王女様だったなんて……」

度肝を抜かれているノエルに構わず、レクシアはルナの肩に両手を添えて抱き寄せた。

「それで、この子はルナ！　私の護衛よ――」

「レクシアのお守《も》りをしている、ルナだ。よろしく頼む」

「ちょっと、お守りって何よ⁉　ルナは私の護衛でしょ⁉　ご・え・い！」

「耳元で大きい声を出すな」

「な、仲がよろしいのですね……」

一国の王女と護衛とは思えない二人の距離感に、ノエルが驚きをあらわにする。

レクシアはそんなノエルに向かって誇らしげに肩をそびやかした。

「ルナは、昔闇ギルドで【首狩り】っていう異名で名を馳《は》せた、凄腕《すごうで》の暗殺者なのよ！」

「【首狩り】⁉」

ノエルは驚きのあまり叫びかけて、慌てて声を潜めた。

「ろ、ロメール帝国の宮廷でも、密《ひそ》かに噂になっていました。どんなに困難な依頼でも決してしくじることはなく、依頼するには標的の首と同じだけの重さの金貨を積まなければならず、それでいて正体は謎めいていて滅多に会うことさえできない、幻の存在だとか……【首狩り】とは、あの【首狩り】……？」

「そう大したものじゃない、生きるのに必死だっただけだ」

ルナが浅く息を吐き、レクシアが胸を張る。

「そんなすごいルナが初めて失敗したのが、私の暗殺だったんだけどね！」

「レクシア、余計なことを言うな！」

「自分の命を狙った暗殺者を護衛にしているのですか⁉」

「そうよ？　だってルナ自身も凄腕の暗殺者なんだから、暗殺者については誰よりも詳しいはずでしょ？　これ以上心強い護衛はいないわ！　あとすっごく可愛《かわい》いし」

「可愛いは余計だ」

「ご、豪胆すぎる……」

驚きの連続でめまいさえ感じているノエルに構わず、レクシアは今度はティトの頭を撫《な》でた。

「それでこの子は、砂漠で仲間になったティト！」

「初めまして、ティトですっ」

ティトが勢いよく頭を下げすぎて、ごんっ！　とテーブルに額を打ち付ける。

「あら、大丈夫？」

「痛くないか？　皿が片付いた後で良かったな」

「ううっ、恥ずかしいです……」

レクシアとルナにおでこを撫でられているティトを見ながら、ノエルが眼鏡を押し上げる。

「拝見したところ、白猫の獣人でしょうか？　初めて見ました」

「は、はい、ちょっと珍しいみたいです」

「それだけじゃないわよ、ティトは『爪聖《そうせい》』様のお弟子さんなの！」

「そ、『爪聖』……？」

突然飛び出した単語に、ノエルは目を瞬《しばたた》かせた。

「あの……『聖《せい》』といえば、世界最強の一角として星に選ばれるという、おとぎ話の……？」

「そうそう、そのお弟子さん」

「⁉」

「よろしくお願いしますっ」

レクシアは誇らしげに腰に手を当てた。

「私のルナとティトは、強くて可愛い、つよかわな仲間なのよ！」

規格外な存在である三人を前に、ノエルは放心している。

「く、【首狩り】に『爪聖』の弟子……異様な強さだとは思いましたが、まさかそんな特別な存在だったなんて……しかもその二人を率いているのは、アルセリア王国の王女殿下……？　そんなすごい人たちが、本当に世界を救うために旅を……？」

「そうよ。私たち、ちょうど困っている人がいないか探しているところだったの。だから、私たちが出会ったのは運命だったのよ。大丈夫、ノエルのお姉さんのことも、ロメール帝国のことも、絶対に救ってみせるわ！」

「あ、ありがとうございます……！　どうかよろしくお願いします！」

眩《まばゆ》く笑うレクシアに、ノエルは改めて頭を下げたのだった。

「それじゃあ自己紹介も終わったところで、まずはロメール帝国の王城に行って、シュレイマン様に話を聞きましょう。シュレイマン様とは面識があるし、お人柄もよく知っているわ。ちゃんと説明すれば、ノエルのことも誤解だって理解してくれるわ」

ルナは難しい顔で腕を組んだ。

「問題は移動手段だな。ロメール帝国は遥《はる》か北の果て。徒歩で行くにはあまりに遠すぎるぞ」

「うーん、そうね。砂漠を抜けて馬車を飛ばしたとしても、かなり時間が掛かりそうだわ」

「私の『大空ふわふわ飛べーるくん一号』は爆発――いえ、成功の母となりましたし……」

四人はうーんと頭を悩ませた。

ティトはふと窓の外へ目を遣《や》り――北へと渡る鳥を見て、はっとする。

「ひょっとして……【ヴィークル・ホーク】を捕まえることができれば……」

「ヴィークル・ホーク？」

首を傾《かし》げるレクシアに慌てて頷《うなず》く。

「は、はい。空を飛ぶ、鳥型の魔物です。昔、お師匠様が乗ってるのを見たことがあるのですが……」

「グロリア様、魔物を乗りこなすの!?」

「あの方も大概とんでもないな……それで、その魔物はこの辺りにいるのか？」

「えっと、確か、砂漠の岩場を住処《すみか》にしていると言っていたような気がします」

「それは実に興味深いですね。飛翔《ひしょう》型の魔物であれば、ロメール帝国までひとっとびです」

「ただ、ヴィークル・ホークはとても警戒心が強くて、捕獲するのがかなり難しいみたいで……」

耳を垂らすティトに、レクシアが片目を瞑《つぶ》る。

「大丈夫、なんとかなるわよ！　こっちには、こんなに頼りになる仲間がいるんだから！」

そしてレクシアは勢いよく立ち上がると、意気揚々と空を指した。

「それじゃあ、さっそくヴィークル・ホークを捕まえにいきましょう！　名付けて、ヴィークル・ホーク捕獲大作戦よっ！」

「そのまんますぎないか？」

ルナの呟《つぶや》きは、すっかりやる気のレクシアに届かず、ともあれ四人はヴィークル・ホークを探すために店を出たのだった。

＊＊＊

「ヴィークル・ホークが岩場を住処にしているなら、たぶんこの辺りにいると思うのですが……」

ティトに案内されて一行が着いたのは、岩の渓谷だった。砂丘が固まってできた赤砂岩が風雨で削られてできた地形で、複雑に入り組んでいる。

ティトは優れた嗅覚と聴覚を使って気配を探っていたが、はっと岩陰に身を潜めた。

「い、いました……！」

岩の上に、鷹《たか》の姿をした巨大な魔物が鎮座していた。

鋭い目で辺りを警戒している。

「あれがヴィークル・ホークね！」

「あれを人数分――四羽捕獲すればいいわけだな」

「は、はいっ！　でもお師匠様は、ヴィークル・ホークはとても臆病で神経質な性格をしているから、注意が必要だって言っていました。確か、少しでも傷付けてしまうと、二度と懐《なつ》かなくなってしまうって……」

「すると、糸は使わない方が良さそうだな。魔物相手では加減が難しい」

「なら素手でいくわよ！」

「馬鹿なのか？」

「馬鹿とはなによ⁉　っていうか、ルナって私の護衛なのよね⁉　最近私に対して冷たくない⁉」

「最近もなにも、いつものことだろう」

「そっか、それもそうね！」

「納得しちゃっていいんですか……？」

三人が小声で言い合っていると、ノエルが背負い袋から黒い筒のようなものを取り出した。

「その黒い筒は何？」

「そういうことでしたら、こちらが役立ちそうですね」

「最近発明した、『ふんわり捕まえーるくん一号』です。銃口から網を射出して、対象を傷付けることなく安全に捕らえます」

「すごい！　そんな便利な道具が……！」

ティトが感動するが、ノエルは眉を寄せた。

「ただ、射程距離が短いという欠点がありまして……」

「では、ノエルとレクシアは崖の上で待機していてくれ。私とティトで、ヴィークル・ホークを捕獲地点まで誘導しよう」

「空を飛ぶ相手を？　そんなことが可能なのですか？」

「任せてくださいっ！」

こうして作戦が決まり、レクシアはわくわくと胸を躍らせた。

「いよいよノエルの魔導具の実力が見られるのね、楽しみだわ！」

＊＊＊

「さて、そろそろか」

全員が位置についたことを確かめると、ルナは身を潜めつつ、岩の上で毛繕いしている
ヴィークル・ホークを見上げた。

ヴィークル・ホークの頭上に向かって糸を放つ。

『避役《ひえき》』！」

岩の出っ張りに糸を引っ掛けると、勢いよく飛び出した。

「クエエ⁉」

ヴィークル・ホークが突然の襲撃に驚いて飛び立つ。

渓谷を滑るようにして逃げる魔物を、ルナは糸を使って空中移動しながら追った。

「ふッ！」

「クエエエエエエッ！」

岩が入り組んだ渓谷は、糸を操るルナにとって最適な地形だった。

まるで蝶《ちょう》のように華麗に渓谷を舞いながら、巧みに捕獲地点へ誘導する。

レクシアは岩壁に張り出した岩の上からその様子を見下ろして、歓声を上げた。

「さすがルナね！　飛んでるみたいだわ！」

「な、なんですか、あれは⁉　人間にできる動きではないのですが⁉」

「クエエエエッ！」

ヴィークル・ホークが翼を翻《ひるがえ》して上空に逃れようとする。

しかしそこにはティトが待ち受けていた。

「上《こっち》はダメですよ！」

ティトは切り立った岩を足場にしながら軽やかに跳躍し、魔物が上空に逃れないよう牽《けん》制《せい》する。

「クエッ、クエエエッ！」

パニックに陥った魔物が急旋回し、洞窟に飛び込もうとする。

「ルートを逸《そ》れるぞ！」

ルナの叫びに反応して、ティトが空中で爪を構えた。

「そっちには行かせません！　【烈爪《れっそう》】！」

洞窟の上部に向かって鋭く宙を薙《な》ぐと、生み出された真空波が岩盤を直撃し、崩れ落ちた岩が入り口を塞いだ。

ノエルが目を剝《む》く。

「ざ、斬撃を飛ばして岩を斬った⁉　空中で爪を薙いだだけなのに……⁉」

「クエエエエ⁉」

驚いた魔物は旋回して元のルートに戻った。

すかさずルナが追う。

「クエエエエエ！」

狭く入り組んだ渓谷を逃げ惑う魔物を、ルナが華麗に追い立て、ティトが岩を崩して誘導する。

「まもなく捕獲地点だ！」

ルナの合図を聞いて、レクシアがわくわくとノエルを振り返った。

「もうすぐ来るわよ！　構えて、ノエル！」

「了解しました！」

ノエルが捕獲銃を構えた時、曲がり角の向こうからヴィークル・ホークが現れた。

疾風のような速度で飛翔してくる魔物を見て、レクシアが目を瞠《みは》る。

「すごい速さだわ……！　あんな素早い魔物を、本当に無傷で捕まえられるの⁉」

「お任せください。私の魔導具の性能、お見せしましょう！」

魔物が捕獲地点に差し掛かる。

ノエルはヴィークル・ホークに向かって銃口を向け――

「くらえ！　発射《ファイア》！」

ノエルが引き金を引くと同時、銃口から弾丸が発射された。

ヴィークル・ホークの眼前で弾丸が弾《はじ》け、網が広がる。

「クエエエエエ⁉」

網はヴィークル・ホークを包み込むと、そのまま岩壁に貼り付けた。

「クエッ、クエエエ⁉」

「や、やった……本当に無傷で捕まえたわ！　すごいわ、ノエル！」

ルナとティトも岩の上にすとんと着地する。

「まさか本当にあの速度の魔物を捕獲するとは……大した性能だな」

「網がぶわって広がってびっくりしました！」

「こんなすごい魔導具を発明できるなんて、ノエルって本当に天才なのね！」

「お役に立てたようで光栄です」

捕獲したヴィークル・ホークをひとまず安全な場所に移動させて、一息つく。

「あと三羽ね！　この調子で、どんどん捕まえちゃうわよーっ！」

「おーっ！」

＊＊＊

そして、四羽目の捕獲。

四人は連携しながら、次々にヴィークル・ホークを捕まえていった。

「クエエエエ！」

「捕獲地点までもうすぐだ！」

「ノエルさん、準備をお願いします！」

ルナとティトの声が近づいてくるのを聞いて、レクシアがはしゃいだ声を上げる。

「ノエル、来るわ！　最後の一羽よ！」

「了解しました」

「ふふ、四羽目も『ふんわり捕まえーるくん一号』があれば楽勝ね！　ちゃちゃっと捕まえちゃって、お昼ごはんにしましょう！」

レクシアは、少し離れた所に置いてあるバスケットを振り返る。

四人は先程の食堂で昼食を購入し、バスケットに詰めてもらったのだった。

「あのお弁当、さっきちらっと中を見てみたんだけど、すっごくおいしそうだったわ！　ってていうか、ちょっとだけつまんだんだけど、すっっごくおいしかったわ！」

「それは楽しみです。これでおしまいですから、手早く片付けてしまいましょう」

ヴィークル・ホークが近づき、ノエルが捕獲銃を構えた。

レクシアはわくわくと身を乗り出し――ノエルの捕獲銃から、ぷす、ぷすぷす、と黒い煙が上がっていることに気づく。

「あら？　ねえ、ノエル。捕獲銃から煙が出て……」

「これで最後！　発射《ファイア》！」

レクシアが指摘するよりも早く、ノエルが引き金を引き――


ボガアアアアアアンッ！


捕獲銃が爆発し、発射された網があらぬ方向へ飛んで行った。

「ば、爆発したわ――――――――!?」

「な、なんだ!?」

「ううっ、耳が……!?」

「クエッ、クエエエ⁉」

突然の爆発に怯《ひる》んだヴィークル・ホークが、ふらふらと蛇行した。

その爪にバスケットが引っ掛かる。

「あーっ！　私たちのお弁当が！　返しなさいよーっ！」

そのまま逃げようとするヴィークル・ホークを追って、レクシアは崖に向かって飛び出していた。

「えーいっ！」

「レクシア――――⁉」

「レクシアさああああああんっ⁉」

ルナたちの絶叫が響く中、レクシアはヴィークル・ホークの背に飛び乗った。

「クエエエ⁉」

レクシアにしがみつかれて、ヴィークル・ホークが滞空しながらばたばたともがく。

「ティト！」

「は、はいっ！」

ルナとティトは、暴投されていた網を回収すると、レクシアごと網で包んだ。

傷付けないよう慎重に岩の上に降ろして、レクシアを救出する。

「クエっ、クエエ！」

「ふう、お弁当を取り返したわ！」

レクシアは開口一番、バスケットを高々と掲げていたが、じたばたしているヴィークル・ホークを見て歓声を上げた。

「あっ、やったわ！　これで四羽目！　目標達成ね！」

「レクシア、考えなしに飛び降りるな！」

「びっくりしましたぁ……！」

「だって、みんなのお弁当が誘拐されちゃうところだったのよ⁉」

「命と弁当、どっちが大事なんだ⁉」

「どっちも大事よ！　腹が減ってはなんとやらって言うじゃない！　……それに、二人が何とかしてくれるでしょ？」

「そ、それはそうだがっ……お前は〜〜〜っ……！」

「ふああ、ご無事でよかったです〜……」

ルナがはっと我に返って、振り返る。

「そ、そうだ！　それよりさっきの爆発はなんだ⁉」

「そうだったわ！　ノエルの『ふんわり捕まえーるくん一号』が、いきなり爆発したのよ！」

「えええええっ⁉」

「ぶ、無事なのか⁉」

すると立ち込める煙の中から、煤《すす》だらけになったノエルが眼鏡をふきふき現れた。

「なるほど『ふんわり捕まえーるくん一号』の連続使用は三度が限界、と。改良の余地ありですね。おかげでいいデータが取れました。やはり実戦に勝る実験なし。今度は風属性の魔鉱石の出力を上げて……ふふ、ふふふふ」

「えっと、大丈夫なんですか……？」

何やらぶつぶつ呟《つぶや》いているノエルに、ティトがおそるおそる尋ねる。

ノエルは「ええ」と答えて眼鏡を掛けると、慣れた仕草で服の煤を払った。

「魔導具はまだまだ発展途上なので、常に危険と隣り合わせです。だからこそ現場での試用・実験が欠かせません。ちなみにこの背負い袋に入っているものはすべて試作品で、二回に一回は爆発します」

「魔導具こわい……」

ティトが猫耳をぺしょりと伏せて怯《おび》えるが、ノエルはきらりと眼鏡を輝かせた。

「失敗は成功のもと。失敗を重ねた先にこそ、技術の躍進があるのです」

「凄《すさ》まじくポジティブだな、こいつ……」

「いいわね！　その挑戦する姿勢、好きよ！」

感銘を受けるレクシアとは反対に、ルナは「こいつもしかして、天才の皮を被《かぶ》ったポンコツなんじゃないか……？」と危ぶんだのだった。

＊＊＊

「クエエ、クエエ」

縄に繋《つな》がれたヴィークル・ホークたちが不安そうな鳴き声を上げる中、ルナはティトを振り返った。

「それで、どうやって手なずけるんだ、ティト？」

「ええと、師匠は確か、この辺を撫《な》でていました。そしたらヴィークル・ホークが大人しくなっていたような……？」

「クエッ？」

ティトがそっと近づいて首の後ろの羽毛を撫でると、それまで警戒していたヴィークル・ホークがうっとりとしながら、ティトに頭を擦り寄せた。

「クエっ、クエエ～」

「わっ。ふふ、気持ちよさそうで良かったです」

「なるほど、毛繕いをして仲間と認識してもらうわけか」

「魔物の習性をうまく利用した、合理的な方法ですね」

ルナとノエルもすぐにコツをつかみ、ヴィークル・ホークを手なずけることに成功する。

「ふんふん、結構簡単なのね！　ええと、この辺りかしらっ？」

「クエエエッ？」

レクシアも見よう見まねでわしゃわしゃと羽毛を撫でる。

するとヴィークル・ホークは途端にご機嫌になって、レクシアの頭をくちばしで挟んだ。

「クエッ、クエ、クエエエッ！」

「な、なんでー⁉　食べないでー⁉」

「す、すごい！　レクシアさん、それはヴィークル・ホークの最上級の愛情表現ですよ！」

「そうなの⁉　嬉《うれ》しい、私もあなたのことが大好きよ――うぶぶ、うぶぶぶ、分かったわ、分かったから舐《な》めないでえええぇ！」

「サハル王国のサハル・キャメルの時といい、お前はなんでそう魔物に変に好かれるんだ？」

「いいにおいでもするのでしょうか。興味深いですね」

　こうして四人は、ロメール帝国までの移動手段を確保したのだった。

＊＊＊

　四人は出発前に昼食を摂《と》り、ヴィークル・ホークにも分け与えた。

　ロープを手綱にしてヴィークル・ホークに取り付けると、それぞれ背に乗る。

「わあ、ふわっふわね！　雲に乗ってるみたい！」

「本当に大人しいのですね」

「ああ。振り落とされるのではないかと心配だったが、これなら安心だ」

「ふふ、いい子ですね。よしよし」

　崖の上に立って、翼を広げる。

「それじゃあ、準備はいいっ？」

「はいっ！」

　手綱を引くと、四羽のヴィークル・ホークは風に乗ってふわりと飛び立った。

「すごいすごい、本当に飛んだわ！」

「思ったよりも安定しているな」

歓声を上げる四人を乗せて、みるみる地面が遠ざかる。

レクシアが北の空を指さした。

「それじゃあ出発よ！　いざ、雪と氷の国、ロメール帝国へ！」

第二章　ロメール帝国

四対の翼が風を切る。

眼下に流れる景色を見下ろしながら、レクシアがはしゃいだ声を上げた。

「すごいわ、空の旅って初めて！　景色がどんどん遠ざかっていくわ！」

「クエっ」

ご機嫌なヴィークル・ホークの手綱を握りながら、ルナがティトを振り返る。

「そういえば、気になっていたんだが……以前、ティトは北国の生まれだと言っていたな。もしかしてロメール帝国の出身なのか？」

「はい。ロメール帝国の中でも北の辺境にある、とても小さな村でしたが……」

レクシアが気遣うようにティトを見た。

「故郷には、辛《つら》い思い出もあるんじゃない？　大丈夫？」

ティトの故郷では獣人は迫害されており、特に希少な白猫の獣人であり不思議な力を持つティトは、村人たちに恐れられ、不当な扱いを受けていたのだ。

しかしティトは、「大丈夫です」と力強く答えた。

「ちょっとどきどきするけど……今は、お二人がいるので！」

明るい笑顔に、レクシアとルナも微笑《ほほえ》む。

その会話を聞いていたノエルが、手綱を繰ってティトの隣に並んだ。

「ティトさんはロメール帝国出身でしたか」

「そうなんです。でも……故郷の村で唯一私に優しくしてくれた、エマっていう名前の女の子がいたんですが……私、魔物に襲われてたエマを助けようとして、エマを傷付けてしまって……村の人たちに追い出されて、それっきり……」

俯《うつむ》くティトに、ノエルは優しいまなざしを送った。

「ご友人の命を守ったのであれば、それは誇るべきことです。エマさんというご友人は、きっとティトさんに感謝していることでしょう。それに、小さな村や辺境ではまだ獣人への差別が根強いかもしれませんが、シュレイマン様は差別撤廃に心血を注ぎ、帝都では獣人差別はなくなっています、ご安心ください」

「ありがとうございますっ」

ノエルの口調は淡々としているが、自分を気遣ってくれていることが伝わり、ティトは笑顔で礼を言った。

＊＊＊

「見えてきました。あれがロメール帝国です」

白い息を吐きながら、ノエルが前方を指さす。

眼下の広大な大地は雪に覆われ、その合間にしがみつくようにして、小さな村や町が見える。その上には灰色の雲が厚く垂れ込め、重たい雪を降らせていた。

そして。

「あれは……？」

異様な光景に、レクシアが掠《かす》れた呟きをこぼす。

国の中央――帝都を中心に、巨大な灰色の壁が渦巻いていた。

「『氷霊憑《ひょうれいつ》き』が振り撒《ま》く、呪いの吹雪です。氷霊が姉に取り憑いた日から少しずつその版図を広げ、今やロメール帝国全土を覆おうとしています」

――呪いの吹雪に閉ざされた、巨大な帝国。

それが、四人を待ち受ける舞台だった。

＊＊＊

「ここから先は呪いの影響が強く、天候が荒れているのでヴィークル・ホークでは危険です。帝都までは徒歩で向かいましょう」

一行は、南端の町の近くに降りた。

「雪だわ――――！」

一面の雪を見て、レクシアが目を輝かせる。

「ねえ、見て！　真っ白！　すっごく綺麗《きれい》ーっ！」

「遊ぶな！」

真っ白な雪を両手ですくい上げてはしゃぐレクシアに、ルナが呆《あき》れる。

一方ティトは、白く染まった景色を感慨深そうに見渡した。

「この景色、懐《なつ》かしいです。でも、南端の町までこんなに雪深いなんて……ここまで呪いの影響が届いているんですね……」

四人はここまで飛んでくれたヴィークル・ホークに干し肉を与えた。

「乗せてくれてありがとう！　とても助かったし、楽しかったわ！　元気でね」

「気を付けて帰るんだぞ」

「クエエ」

ヴィークル・ホークたちは名残惜しそうに頭を擦り寄せると、砂漠へ向かって飛び立った。

それを見送っていたレクシアが、不意に身震いした。

「は、は、はくひゅんっ！　ううっ、寒いわ⁉」

「さっきまではヴィークル・ホークの羽毛のおかげで、あまり寒さを感じなかったが……

このままでは風邪を引きそうだな」

「うう、ほら、指がこんなに冷たくなっちゃったわ」

「ひょわあ⁉」

レクシアが冷たい指をティトの首筋に当て、ティトが飛び上がる。

特に砂漠から移動してきた一行に、この寒さは身に染《し》みた。

ノエルが町へ歩き出す。

「この町で防寒具を買っていきましょう」

「えっ？　でも、ノエルは追われる身なんでしょ？　大丈夫なの？」

「ええ、問題ありません。この辺りには一度来たことがありますが、顔までは覚えられていないはずです。それにたとえ手配書が出回っていたとしても、みんな国を覆う呪いのことで手いっぱいで、それどころではないでしょう」

町に入ると、吹雪でひと気のまばらな大通りを歩く。

「まずは寒さ対策ね！　急いで防寒具をそろえるわよ！」

四人は手近な店に入り、防寒具を購入した。

さっそく防寒具に身を包んだレクシアが、くるりと回る。

「どうかしら、似合う？」

「わあ、とっても可愛《かわい》いです、レクシアさん！」

「ふふ、ありがとう！　みんなも似合ってるわ！」

「動きづらいのは気になるが、かなり寒さが軽減されるな」

「これなら多少の寒さは問題にならなそうですね」

完全防備で元気になったレクシアが、北の方角を睨《にら》み付ける。

「さあ、寒さに備えたところで、目指すは帝都！　王城に殴り込みよっ！」

「殴り込むわけではないだろう」

ルナの呟《つぶや》きは、華麗にスルーされたのだった。

＊＊＊

びゅうびゅうと風が吹きすさぶ。

一行は、吹雪の中を歩いていた。

「うう、厳しい道のりね……！」

「帝都が近付くほどに吹雪が酷《ひど》くなるな。氷霊のいる山が近いからか？」

ティトも、厚く垂れ込めた雲を見上げて同意する。

「私がいた頃は、こんな酷い吹雪は真冬に数日あるくらいだったのに……やっぱり、この吹雪は呪いの力なんでしょうか？」

「はい。姉が幽閉されている岩窟——呪いの中心は、帝都の北に聳《そび》える山にあるのです。そして姉に取り憑いた氷霊の呪いは、日に日に強くなっています」

「これが長い間続いているなら、食料の確保も大変ね」

ノエルは吹雪の先を見つめながら頷《うなず》く。

「もともと冬が長い国なので、保存食の文化が根付いており、すぐに食べ物に困るということはありませんが、それも時間の問題でしょう」

吹雪の合間を縫ってなんとか前進したが、吹き付ける氷雪は強さを増し、ついに帝都まであと少しというところで足止めを食った。

「この吹雪では危険です。もうすぐ日も暮れる……この先に町がありますので、今日はそこに泊まりましょう」

「さ、賛成よ……！」

「このままでは、帝都に着く前に氷漬けになりそうだな」

四人は凍えながら、宿を求めて町に入った。

しかし。

＊＊＊

「宿がない？」

宿に行く前に、日用品を買い足そうと寄った道具屋。

店主から告げられた事実に、レクシアたちは驚きの声を上げた。

店主が申し訳なさそうに眉を下げる。

「そうなんだよ。この町には一軒だけ宿があったんだが、この吹雪で旅人も観光客も途絶えて、ついこの間たたんじまって……すまないねぇ」

レクシアたちは顔を見合わせた。

「どうしましょう、もうすぐ日が暮れるし……」

「この吹雪では、野宿はまず不可能だろうしな」

困っている四人を見て、道具屋の主人が「そうだ」と手を打った。

窓の外、町の西に建っている教会を指さす。

「それなら教会で相談してごらん。もしかしたら、泊めてくれるかもしれないよ」

＊＊＊

教会は、白く染まった森を背に、吹雪の中静かに佇《たたず》んでいた。

「ここですね」

ノエルがそっと扉を開く。

中ではたくさんの人が熱心に祈りを捧《ささ》げていた。正面には、太陽のような紋章の描かれた布が飾られている。

「お祈りの最中みたいですね」

「町の人たちかしら？」

声を潜めるレクシアたちに、ノエルが頷く。

「彼らは太陽神を信仰する信徒です。雪の多いロメール帝国では、太陽神を崇《あが》める人が多いのです」

「敬虔《けいけん》な人たちなんだな」

「はい。国のトップであるシュレイマン帝王も信心深く、特にここ最近は氷霊の呪いを鎮《しず》めるため、より信仰を深めているようでした」

やがて祈りを終えた人々が、不安げな顔でため息を吐《つ》いた。

「フローラ様の力が暴走して、もう半月か……」

「まさかフローラ様が『氷霊憑き』になってしまうなんて。とても優しい方だったのに……」

「シュレイマン帝王が『氷霊憑き』を誅伐《ちゅうばつ》するために軍を出したと聞いたが……どうにかフローラ様が助かる道はないものか……」

暗い顔をしている人々に、レクシアが声を掛ける。

「あの、フローラさんはこの町に来たことがあるんですか？」

すると人々は驚いてレクシアたちを見た。

「ん？　こりゃあ珍しい、旅人さんかね。そうそう、フローラ様は以前、嵐で壊れてしまった橋を直してくださったんだよ」

「風魔法で木材を運んで組み立てたのよ。あんなすごい魔法は初めて見たわ。さすがは宮廷魔術師の次席様だって、みんなで感心したものよ」

「真冬の寒い日だったのに、徹夜で作業をして、そればかりでなく不安がる町の人たちに寄り添ってくださってねぇ。あんな優しい魔術師様は他にいないよ」

こんな状況になってもなお、人々はフローラを恨むこともなく、それどころか心から心配しているのが伝わってきた。

「お姉さん、慕われてるのね」

「はい、自慢の姉です」

レクシアが笑いかけると、ノエルは誇らしげにアイスブルーの瞳を細めた。

人々が興奮した様子でさらに口を開く。

「そういえばあの時は、ノエル様も来てくれたっけなぁ」

「そうそう。見たこともない魔導具で、割れた窓ガラスを一瞬で修復するわ、石を浮かせてひょいひょいと石垣を作るわ、薙《な》ぎ倒された街路樹をめきめき復活させるわ。おかげで嵐で被害を受けた区画が、あっという間に元通りになったよ」

「うむ、あの方のために魔導開発院が発足したというのも頷けるのう」

「……あら？　そういえばあなた、ノエル様に似てるわね。ひょっとして……？」

ノエルに向けられた視線を、レクシアは素早く遮った。

「いいえ、人違いよ！　教えてくれてありがとう！　さあみんな、行きましょっ！」

ノエルの背を押して教会の奥へ足を向けながら、ルナがふうと息を吐く。

「危うくバレるところだったな」

「すみません。この町には一度来たっきりなので大丈夫だろうと思ったのですが、思いのほか覚えられていたようですね」

「ノエルがやってることは、ノエル自身が思ってる以上に大偉業なのよ！　他の町でも気を付けなきゃね！」

「でもみなさん、心から感謝しているようでした。本当に、ノエルさんもフローラさんも、すごい方なんですね……！」

ノエルを囲んで隠すようにしながら、一行は宿の相談をするべく、シスターの元へ向かったのだった。

＊＊＊

ルナが交渉すると、シスターは快く部屋を貸してくれた。

「この吹雪で大変だったでしょう。どうぞごゆっくり休んでいってください」

一行が帝都を目指していると知ると、シスターは驚き、それから眉を下げて首を横に振った。

「ここのところ吹雪が強まるばかりで、外出するのもやっとです。帝都周辺はもっと酷いと聞きます、とてもたどり着けるとは……ひとまず、今夜は暖かくして、よく眠ると良いでしょう」

冷たい廊下を歩いて、あてがわれた部屋へ向かう。

ごうごうと建物を揺らす風の音を聞きながら、ルナが難しい顔で唸《うな》った。

「予想以上の吹雪だ。何か方法を考えた方がいいかもしれないな」

「うう、ひとまず、シスターさんの言う通り温まりましょう。脳みそが凍っちゃって、いい案が思い浮かばないわ」

ノエルが部屋の扉を開ける。

「この部屋ですね。こちらで靴を脱いでください」

「へえ、そういう文化なのね」

靴を脱いで部屋に入った途端、レクシアが驚いて立ち尽くした。

「これは何⁉」

部屋の真ん中に、布団《ふとん》が被《かぶ》せられた奇妙なローテーブルが鎮座していた。

「変わったテーブルだな。布団とテーブルを交ぜたような見た目だが……?」

「わ、私も初めて見ました……！」

ルナが警戒しつつ観察し、ロメール帝国出身のティトも目を丸くする。

ユウヤの世界でこたつと呼ばれている暖房器具に似ているが、それを知らないレクシアたちは、未知の物体を前に興味津々《きょうみしんしん》だった。

ノエルがくもった眼鏡を拭きながら解説する。

「これは私が魔導開発院で発明した、暖をとるための魔導具です」

「これもノエルが作ったの⁉」

「はい。『あったかテーブルくん三号』と名付けました。天板の裏に魔鉱石を取り付けて熱源としています。簡単な機構なので、帝都から離れた村や町にも広く普及しました。やはり手軽さと簡素化は重要ですね」

「ノエルが発明した魔導具を、国中のみんなが使っているなんて……やっぱりノエルってすごいわ！」

「それに、そんなに広く普及するなんて、よっぽど快適な魔導具なんですね……！」

「爆発の危険はないのか……？」

「実験と改良を繰り返し、安全なことは実証済みです。一度入れば悪魔的な魅力に取り憑かれ、二度と出ることができなくなると評判を呼び、国中で大流行しています」

「二度と出ることができなくなっちゃうんですか⁉」

「そ、そんな恐ろしい道具なのか……⁉」

後ずさるルナの隣で、神妙な顔をしていたレクシアが宣言する。

「よし！　ルナ、ティト、入りましょう！」

「お前話を聞いてたか⁉　二度と出られなくなるんだぞ⁉」

「急いで帝都に行かなきゃいけないのに……⁉」

「だって吹雪で進めないんだし、焦《あせ》ったって仕方ないじゃない。二人だって気になるでしょ？」

「き、気にならないと言えば嘘《うそ》になるが……」

ルナとティトは、こたつを見下ろしてごくりと喉を鳴らした。

布団をめくると、おそるおそる足先から中に入り――

「こ、これはっ⁉　なんだ、この快適さは……⁉」

「ふぉぉぉぉ⁉　か、身体《からだ》の芯からあったかくなって……なんだかすっごく丸くなりたくなります……⁉」

「すごいわ！　とっても快適！　アルセリアに持って帰って、お父様やオーウェンにも体験させてあげたいわ！」

「ふふふ、お気に召したようで何よりです」

レクシアたちはあっという間にこたつの虜《とりこ》になった。

布団を肩まで引き上げ、ぬくぬくと温まる。

「はあ、あったかぁい、幸せ……このままここで暮らしたいわ」

「ふあああ、つま先までぽかぽかします……すごい……ノエルさん、天才……」

「快適すぎて動く気にならないな。まずい、これはまずいぞ、本当に出られなくなってしまう……うう……」

普段はクールなルナでさえ、こたつの魅力に取り憑かれている。

レクシアはこたつに顎を乗せてくつろぎながら、テーブルの真ん中に積まれている橙《だいだい》色《いろ》の果実に目を留めた。

「ところで、この果物は何？」

「みかんという果物です」

「みかん？」

「聞き慣れない響きだな」

「はい。伝承によると、伝説の賢者が好んだ果物だとか」

「伝説の賢者が⁉」

神に近しいほどの実力を持ち、魔法や剣術をはじめあらゆる分野で数々の伝説を残す賢者の名前が突然出てきて、思わず声が裏返る。

「み、みかんなら、私も昔、エマ――お友だちにもらって食べたことがありますっ。甘酸《あまず》っぱくてとってもおいしいんですけど……そんな伝説があったなんて……⁉」

ティトの言葉を聞いて、レクシアがぱっと目を輝かせる。

「そんなすごい伝説がある上においしいなんて……これは絶対に食べなきゃね！　ルナ、みかん取って！」

「自分で取れるだろう」

「お布団から手を出したくないのよ」

「やれやれ。ほら」

ルナはみかんを手渡そうとしたが、レクシアは雛《ひな》のように口を開いて待っていた。

「あーん」

「…………」

ルナはため息を吐くと、みかんを見下ろし――

「……『乱舞《らんぶ》』」

しゅぱぱぱぱ！　と糸が舞い、みかんの皮が美しく剝《む》ける。

「る、ルナさん、みかんの皮を剝くために技を……!?」

「仕方ないだろう。『あったかテーブルくん三号』が快適すぎて動く気にならないんだ」

ルナは驚くティトにそう言って、レクシアの口に一房入れた。

「ほら」

「はむっ。んーっ、本当に甘くておいしいわ！」

「ティトも食べるか？」

「あ、わ、私は自分で剝くので……！」

「ふふ、遠慮するな。ほら」

「ふぁ、え、えと……あーん……ん～っ、おいひいです～っ！　ルナさんもどうぞっ！」

「ん、む……うん、オレンジに似ているが、より柔らかくて瑞々《みずみず》しいな」

食べさせ合いっこする三人を、ノエルが不思議そうに見ている。

レクシアが、そんなノエルへ一房差し出した。

「はいっ、ノエルもあーん！」

「お前、手を出せるなら最初から自分で剝け」

ルナのツッコミも意に介さず、レクシアはにこにこしながらノエルが口を開くのを待っている。

ノエルが困惑を露《あら》わにした。

「あ、あの、これはどういう儀式でしょうか。自分で食べた方が効率的では……？」

「ん、そうね、ノエルの言う通りかもしれないわ。でも世の中には、効率だけでは得られない、大切なものがあるのよ。例えば心や愛、絆《きずな》……そう、私からノエルへの愛が、指先を通じて食べ物に込められることで、おいしいものがよりおいしく感じられるの。なんやかんやで、そういうものなの」

「な、なるほど、そんな理論が……！　世界にはまだ私の知らない真理が無限に広がっているのですね。己の未熟さを恥じるばかりです」

「いや、曲解しなくていいぞ。ただのレクシアのこじつけだからな」

「こじつけじゃないわよ、ホントなんだから！　ってわけで、はいノエル、あーん！」

「……あ、あーん……」

レクシアはノエルの口に一房放り込んだ。

「どうっ？」

「ん……ふむ。甘さと酸味のバランスが絶妙ですね。……たしかにいつもよりおいしく感じるような……？」

「ねっ、これが愛よ！」

「ノエル、騙《だま》されるなよ。たまたまおいしいみかんだっただけだぞ、きっと」

ルナが冷静に呟《つぶや》くが、ノエルはふと思案した。

「……そういえば小さい頃、風邪を引いた私に、姉さんがいろいろ食べさせてくれたことを思い出しました。あの時のおかゆや果物は、特別おいしかった」

「いいお姉さんですね」

ティトが微笑《ほほえ》み、ノエルは少し嬉《うれ》しそうに頷《うなず》いた。

「はい。私たちは早くに両親を亡《な》くして、姉が私を育ててくれたのです。料理も上手で、私は姉さんが作ってくれるシチューが大好きでした。……でも、なぜかパンを焼くのだけは苦手で、よく焦がしていて……姉はその度に落ち込んでいました」

フローラのことを思い出したのか、ノエルの生真面目な表情がふっと緩み――

レクシアが勢いよく身を乗り出した。

「ノエルの笑顔、初めて見たわ！」

「え、え？」

レクシアは戸惑うノエルの頬を両手で挟んで、むにむにと揉《も》む。

「ほらほら、ノエル、さっきみたいに笑って！　笑った方が可愛《かわい》いわよ！」

「……あ、あの、私はそんなに無表情でしょうか？　自分ではそんなつもりはないのですが……」

「確かに、少し表情が硬いかもしれないな」

ルナの言葉に、ノエルは思い当たったように口を開いた。

「そういえば、よくシュレイマン様にも、お前は言葉が足りないと怒られていました。お前の無表情は誤解を招く、とも……気を付けなければなりませんね」

「それが硬いのよ！　ほら、笑って笑って！」

「う、むむ、む……こ、こうでしょう、か……!?」

「力が入りすぎて、逆に強《こわ》ばってるぞ」

「が、がんばって力を抜くんです！　力を抜い――ああっ、スンってなっちゃいました……！」

「くっ……！　なかなか、難しいものですね……！」

懸命に笑顔を作ろうとするノエルを囲んで、朗らかな時間が過ぎる。

やがて日が暮れ始めると、ノエルが部屋の隅にあるランプ型の魔導具を灯《とも》した。

眩《まばゆ》い光を見て、ルナが驚く。

「この照明……普通のランプよりも明るいな」

「火とは違う、不思議な光です……」

「これは『ぴかぴか明るいちゃん六号』ですね。魔鉱石を燃料にした、特殊なランプです。普通の火よりも明るい上に、熱を発しないため安全で、少量の魔鉱石で半永久的に使用することができます」

「すごいわ！　これがあれば、いくらでも夜更《よふ》かしして恋愛小説が読めるわね！」

「もっと有効的な使い方があるだろう……」

その後、シスターの好意で保存食をもらって食べ、寝る準備をした。

「レクシアさん、お布団《ふとん》を敷きましたから、そっちで寝ましょう」

「うう、いやよ、『ぽかぽか机くん五号』から出たくない……」

「『あったかテーブルくん三号』だ。気持ちは分かるが、身体が痛くなりそうだぞ」

「いいの、私、今夜はここで寝るわ……」

「『あったかテーブルくん三号』は優れた暖房器具ではありますが、そのまま寝ると肌がカラカラに干からびてミイラ化するとの報告が上がっています」

「それは嫌ぁ！」

こうして、雪国の夜は賑《にぎ》やかに更けていくのであった。

＊＊＊

そして翌日。

「今日は帝都へ出発できそうでしょうか……？」

ティトが窓に打ち付ける雪を見ながら呟く。

昨日よりはやや弱まったものの、唸《うな》りを上げている吹雪を見て、ルナは首を横に振った。

「まだやめておいた方がよさそうだな。下手に外に出ると、遭難して全滅ということもあり得る。もっと吹雪が弱まるのを待って出た方がいいだろう。……いや、決して『あったかテーブルくん三号』から出たくないという理由ではないぞ」

戦闘においてはトップクラスの冒険者を凌《しの》ぐルナやティトだが、さすがにこの吹雪では動きようがなかった。

風雪がびゅうびゅうと吹き荒れ、建物がきしむ中、することもなくみかんをぱくぱくと食べながら、まったりとした時間を過ごす。

「んー、『ぽかぽか机くん五号』は快適だけど、することがなくてつまらないわね」

レクシアは窓の外の雪景色に目をやり――

「そうだ！　外で雪遊びをしましょう！」

「吹雪だが⁉」

「遭難しちゃいますよ⁉」

「大丈夫よ。吹雪も少し弱まったし、裏庭なら教会の壁に囲まれて、風も弱いはずだから」

レクシアは、今朝ちゃっかり教会内を探索して、裏庭が雪遊びに適していることを見抜いていたのだった。

「第一、暖かい部屋でぬくぬくしているだけじゃ、身体《からだ》もなまっちゃうわ。氷霊との戦いに備えて、寒さに身体を慣らさなきゃ！」

「それらしいことを言っているが、要はお前が遊びたいだけだろう⁉」

「そうよ、悪い⁉」

「逆ギレ⁉」

「それに、これも世界を知って見聞を広めるための勉強の内よ！」

「なるほど。王族として他国の遊びに親しみ、文化と風土を肌で感じたいということですね？」

「そう、それよ！」

「ノエルの好意的な解釈に全力で乗っかるな！」

レクシアは構わず、防寒具を着込んで準備を始めた。

ルナもやれやれと立ち上がり、ノエルも続く。

「ほら、ティトも行くわよっ！」

「うう、快適すぎて出られません～……」

レクシアはとろけきっているティトをこたつから引っ張り出すと、意気揚々と外へ向かうのだった。

＊＊＊

教会の裏に出ると、レクシアの言う通り壁と森によって風が遮られ、遊びに最適な環境になっていた。

「すごい、真っ白できれい……！　あっ、見てあそこ！　すっごく積もってるわ！」

「待て、レクシア！」

ルナが止めるよりも早く、レクシアは吹きだまりに駆け寄ると、勢いよくダイブした。

「ふわっふわだわ！　ルナもやってみたら⁉」

「私はいい。今にびしょびしょになって後悔するぞ」

「しないわよ、こんなに気持ちいいんですもの——あっ、待って⁉　ふわふわすぎて起きられないわ⁉　助けて、ルナ！　ルーナー！」

「はあ、やれやれ」

レクシアはルナに助け起こしてもらうと、ぷるぷると頭を振って雪を払った。

「でも私、雪遊びってあんまり知らないのよね」

「私もあまり縁がないな。ティトとノエルが詳しいんじゃないか？」

「残念ながら、私は工房にこもってばかりいたので……」

するとティトがしっぽをぴんと立てて胸を張った。

「任せてください！　まずは定番からですね！」

ティトは雪を小山のように集めると、軽々と持ち上げた。

「よいしょっと」

「そ、そんなに小さい身体の、どこにそんな力が⁉」

「ふふふ、ティトは小さいけど、とっても力持ちなのよ」

まるで小さな雪山が歩いているような光景にノエルが仰天し、なぜかレクシアが誇らしげにする。

「こうして雪をたくさん積んで、固めて……」

ティトはあっという間に雪を積み上げると、慣れた手つきで固めた。

巨大な雪山を前に、爪を構える。

「仕上げです――【奏爪《そうそう》】っ！」

鋭い爪の斬撃によって、中の雪が怒濤《どとう》のごとく掘り出されていく。

「こ、この技はビッグ・イーターを倒した時の……⁉　まさか雪遊びのために、本気で

『聖《せい》』の技を⁉」

　そして。

「できましたー！」

　四人入ってくつろげるくらいのかまくらが完成した。

「これってかまくらっていうやつよね⁉　すごいわ、ティト！」

「えへへ。雪でできていますけど、中はすっごく暖かいんですよ！」

「こ、こんなに巨大なかまくらは初めて見ました……しかも『聖』の技を惜しみなく使うなんて……」

「本当は、見た目も凝りたいんですが、なかなかうまくできなくて」

　すると、ルナが進み出た。

「私がやってみよう。――『乱舞《らんぶ》』！」

　ルナが両手を突き出すと、糸がひゅんひゅんと飛び交い、雪を削っていく。

　そしてお城のように豪華な外観が完成した。

「ふう、こんなものか」

「わあ、すごいですっ！　ルナさんはなんでもできるんですね！」

「雪遊びのレベルではないのですが⁉」

それを見ていたレクシアが、創作意欲を刺激されたらしく「いいこと思いついたわ！」と手を打って、雪を固め始めた。

「一体何をはじめようとしてるんだ？」

「ふふ、見たらルナもびっくりするわよ！　楽しみにしててね！」

ルナたちが見守る中、レクシアは意気揚々と雪を固めていく。

やがて、晴れ晴れとした顔で額の汗を拭った。

「できたわ！　見て！　力作よ！」

レクシアが自信満々で示した先には、おどろおどろしい雪像が鎮座していた。

「……これは何の像でしょうか？　私の知識にあるどんな物体とも照合しないのですが」

「えっと……お化け、でしょうか……？」

「枯れ木じゃないか？」

三人が口々に感想を述べると、レクシアは頰を膨らませた。

「もうっ、みんな見る目がないわね！　ユウヤ様に決まってるじゃない！」

「何でこの出来でそんなに自信満々になれるんだ⁉」

「こ、これが、ユウヤさん……！」

ティトは、ユウヤがレクシアとルナの恋の相手だと聞いてから、どんな人なのかずっと気になっていたのだが、おどろおどろしい雪像を見上げてごくりと喉を鳴らした。

ルナが慌てて訂正する。

「ティト、全然違うからな。ユウヤはもっとその、か、カッコいいんだ！」

「この像だって最高にカッコいいじゃない！」

「どこがだ！　いいか、ユウヤはここがもっとこうシュッとして……」

「あーっ！　勝手にいじらないでよ！」

賑やかに言い合うレクシアとルナに、ノエルが眼鏡を押し上げつつ尋ねた。

「失礼、ユウヤさんとは一体？」

「私の旦那様よ！」

「堂々と嘘《うそ》をつくな」

「いずれそうなるんだからいいじゃない」

「ダメだこいつ、横暴が過ぎる」

ルナは額を押さえると、ノエルに向き直った。

「ユウヤというのは、その、あまりに規格外すぎて説明しづらいんだが……とにかくすごいヤツだ。誰よりも強くて、強大な魔法も使うし、見たこともない無双の武器をいくつも持っている」

「それに、とっても優しくて勇敢なのよ！　【大魔境《だいまきょう》】で魔物に襲われた私を助けてくれたんだから！」

「だ、【大魔境】⁉」

とんでもない単語が飛び出して、ノエルが驚愕《きょうがく》する。

「【大魔境】とは、獰猛《どうもう》な魔物が跋扈《ばっこ》し、世界でもっとも危険な場所がゆえに誰も足を踏み入れることができないという、あの……⁉」

「そうよ、ユウヤ様は、その【大魔境】に住んでるの！」

「「どういうことですか⁉」」

初耳のティトも、思わずノエルと声を合わせた。

ルナがさらに情報を追加する。

「それにユウヤといると、魔物がやけに希少な素材やアイテムをドロップするんだ。その中には、私たちが見たこともないような不思議なアイテムもあって……」

ノエルは信じがたいように絶句していたが、興奮気味に眼鏡を光らせた。

「な、なるほど、そのユウヤさんという御方《おかた》、非常に興味深い……魔導具を開発する上でも、非常に意義深い存在と見ました。ぜひとも魔導具開発にご協力いただきたい、いえ、むしろ研究対象にして隅から隅まで徹底的に調べ上げたいですね……！」

「だめよ!?　ユウヤ様は私の旦那様なんだから！」

「だからお前の旦那ではないだろう……というか、私の方が一歩リードしているからな？」

「ううっ！　でもでもっ、私なんかお布団《ふとん》をプレゼントされたんですからねっ！　正式なプロポーズだもの、これはもう夫婦と言っても過言ではないわ！」

「過言だろう！　あれはただユウヤが知らなかっただけで――」

言い争う二人を見て、ティトがノエルにこっそり耳打ちする。

「レクシアさんとルナさんは、ユウヤさんを巡る、恋のライバルなんです。ルナさんは、ユウヤさんのほっぺに、き、キスをしたことがあるそうで……」

「ほう。ルナさん、思いのほか大胆ですね」

レクシアはきゃんきゃんと喚《わめ》いていたが、ルナがなかなか折れないのを見てぷっと頬を膨らませた。

「もうっ、こうなったら勝負よ！　――えいっ！」

「んぅっ!?」

レクシアは雪玉を作ると、ルナに向かって投げた。

ルナはとっさに手で防いだものの、砕けた雪を被《かぶ》って首を竦《すく》める。

「っ、こら、レクシアっ！」

「ふふっ、少しは頭が冷えたかしら？」

「……お前がそう来るなら、こっちにも考えがあるぞ」

ルナは糸を展開して巧みに操ると、いくつもの雪玉を作り出した。

糸によってふわりと宙に浮かんだ無数の雪玉を見て、レクシアが後ずさる。

「ちょ、ちょっとルナ⁉　嘘でしょ……⁉」

「『乱舞』！」

「きゃあああああ⁉」

逃げ出すレクシアを追って、ひゅんひゅんと雪玉が舞う。

「技を使うなんてずるいわよーっ⁉」

「ふっ、恋の戦いは本気でやるものだろう」

レクシアはティトに駆け寄ると、その後ろに隠れた。

「ティト、助けて！」

「ふぁ⁉」

「む。ティトに泣きつくとは卑怯《ひきょう》な」

「だって、糸なんて使われたら敵《かな》うわけないじゃない！」

「あっ、ええと、あの……⁉」

慌てふためくティトの後ろから、レクシアが楽しそうに顔を出す。

「こうなったらチーム戦よ！　二対一だと卑怯だから、ノエルはルナのチームねっ！」

「なるほど、雪合戦というわけですね。ならば全力でお応えしましょう」

ノエルはルナの側につくと、背負い袋からホースのような魔導具を取り出した。

「それは？」

「こちら、対雪合戦専用魔導具、『雪玉飛び出すちゃん四号』です」

「そ、そんなピンポイントな魔導具が……⁉」

「雪遊びはしたことないんじゃなかったの⁉」

「私自身は使いませんが、帝都の子どもたちから要望があったもので。自信作です」

ノエルはそう言って、ホースを雪に突き立てる。

するとホースが雪を吸い上げ、出口から小さな雪玉がズドドドドド！　と連射された。

「ちょっと⁉　こんなの避けられるわけないじゃない！　ティト、お願い！」

「は、はいっ！」

ティトは爪による斬撃を繰り出して、襲い来る雪玉を的確に捌《さば》いていく。

しかし。

「さすがです！　数で攻めても、単調な攻撃では捌かれる――ならばこれはいかがです⁉」

ノエルが『雪玉飛び出すちゃん四号』のダイヤルを捻《ひね》る。

すると、撃ち出された雪玉がぎゅわんっ！　とカーブを描いた。

「雪玉が曲がりました――⁉」

「どういう仕組みなのよ――⁉」

「これは風の魔鉱石で内部に渦を発生させ、雪玉を回転させながら撃ち出すことで空気抵抗によって――」

「本当に仕組みを聞いてるわけじゃないんだけど⁉」

「ちなみに追尾機能もあります。ポチッとな」

「ひゃあああ⁉　ゆ、雪玉が追いかけてきます～っ！」

「本当にどういうことなのよ――⁉」

雪玉に乱れ打ちにされて、レクシアとティーが悲鳴を上げる。

「なかなかやるな、ノエル！」

「お褒めにあずかり光栄です」

「ううーっ！　ティト、反撃よっ！」

「あわわわわっ……⁉　れ、【烈風爪《れっぷうそう》】！」

ティトはクロスして構えた爪に力を纏《まと》わせると、思いっきり振り抜いた。

すると小さな竜巻が発生し、眼前まで迫っていた雪玉が巻き込まれて、森へと吹っ飛んでいく。

ドゴオオオオオオッ！

雪玉は木の幹を貫通し、さらにその背後にある森の木を次々になぎ倒しながら遠ざかっていった。

「「「……………」」」

「雪合戦の威力じゃないんだが……？」

「はわわわっ、すみませんすみません、寒くて手元が狂ってしまって……！」

「こ、これが『爪聖《そうせい》』の弟子の力……！」

ノエルは森にできた一本道を唖然《あぜん》と見つめていたが、突然興奮した様子で、新たな魔導具を引っ張り出した。

「素晴らしい！　実に素晴らしい威力です！　分かりました、こちらも本気を出しましょう……！」

「あ、え、えっと、ノエルさん……？」

ティトの技の威力を目の当《ま》たりにして、ノエルの開発者魂に火がついたらしい。

新たな魔導具は、雪を吸い上げては次々に雪玉を作って並べていく。その雪玉は妙につるつるして、ぶつかり合うとごつんと硬質な音がした。

ティトがおそるおそる尋ねる。

「え、ええと……ノエルさん、それは……？」

「『とっても硬い雪玉たくさんつくーるくん一号』です！」

「『とっても硬い雪玉たくさんつくーるくん一号』⁉」

「この魔導具によって圧縮・強化された雪玉は、岩石と同等の殺傷能力を秘めます！ なお試作品のため、調整機能はついておりません！」

「そんなもの投げたら甚大《じんだい》な被害が出るわ⁉」

レクシアが叫ぶが、ノエルは頑強な雪玉をずらりと並べて胸を張る。

「ルナさん、お願いします！」

「ふふ、任せろ」

「ちょ、ちょっとルナ、嘘でしょ⁉」

「もちろん、怪我《けが》をしない程度に手加減するさ――『螺旋《らせん》』！」

ルナは鋭く腕を振るい、束になった糸を放つ。

糸がドリル状に回旋し、巻き起こった風によって周囲に雪玉を引き寄せた。

無数の雪玉が、渦を巻きながらレクシアとティト目掛けて迫る。

「きゃあーっ⁉」

「にゃー⁉」

ティトがレクシアに抱きつき、積もった雪にダイブして逃れる。

「ぷはっ！　危ないじゃないのーっ！」

「お前が始めた戦いだろう」

「だからってやりすぎよーっ！」

「も、も、もうダメかと思いましたぁ……！」

「さあ、まだまだ弾はありますよ！」

教会の裏庭に、賑《にぎ》やかな声が響く。

「なんだろう、笑い声がするぞ」

「こんな吹雪の中で、一体誰が……」

教会でお祈りをしていた町の人たちが、何事かと集まってきた。

レクシアたちが全力で雪合戦をしている光景を見て目を剝《む》く。

「お、おい、あの子たち、この吹雪の中で遊んでるぞ⁉」

「すごいな⁉　というか、あれは雪合戦なのか⁉　雪玉が速すぎて見えないんだが……⁉」

「ゆ、雪玉が当たって、木がバラバラになったわっ⁉　あっ、あの大きさ、薪《まき》にちょうど良さそう！　助かるわねぇ！」

「見ろ、風圧で積もっていた雪が抉《えぐ》れて……あっ、あれキノコじゃないか⁉　雪の下に群生してたのか！　やった、食料だぞ、みんな！」

「あそこに建ってるお城みたいなかまくら、あの雪玉がぶつかっても崩れないんだけどすごくない⁉　……っていうか、あのかまくら、お肉の保存に使えそうね！」

雪合戦を終えて、レクシアは息を弾ませながら笑った。

「はあ、身体《からだ》が温まったわ！　やっぱり雪といえば雪合戦よね！」

レクシアは額の汗を拭い、ふと、たくさんの人が唖然と見ていることに気付く。

「あら？　人が集まってるわね」

「まあ、これだけ大騒ぎをすれば、気になるだろうな」

雪まみれになっているレクシアたちを見て、町の人々が笑う。

「お嬢ちゃんたち、元気だねぇ！」

「まさかこんな吹雪の中で雪遊びをするとは……でも、見ていたらなんだか元気が出てきたよ」

町の人々は、ロメール帝国が呪いの吹雪に閉ざされてからというもの、不安ばかりが募る日々を送っていた。

だが、全力で遊ぶレクシアたちを見て、気が付くと久しぶりに笑顔になっていたのだ。

レクシアは白い息を吐いて笑った。

「安心して。氷霊の呪いなんて、私たちがきっと何とかしてみせるわ！」

「あはは、それは頼もしいねぇ」

「あれ？　吹雪が……」

町の人々が空を見上げる。

吹き荒れていたはずの吹雪が、いつの間にか弱まっていた。

「お、おい、吹雪が弱まったぞ……！」

「まるでお嬢ちゃんたちを見て、空まで元気になったみたいだ」

レクシアが顔を輝かせてノエルたちを振り返る。

「ねえ、今なら帝都に移動できるんじゃない⁉」

するとノエルも頷《うなず》いた。

「ええ。すぐに出発しましょう」

「やったわ！　きっと私たちの行いがいいから、吹雪が弱まったのね！」

「雪合戦をしていただけだが……？」

「さ、最後に『あったかテーブルくん』にっ……！」

「ティト、諦めろ。今入れば本当に出られなくなるぞ」

急ぎ準備を調え、町を出る。

「呪いの中心である山は、帝都のすぐ近くだ。気を付けて行くんだよ」

「ええ、ありがとうございます！」

町の人々の笑顔に見送られて、レクシアたちは帝都へと発《た》った。

第三章　帝都

「す、すごい、すごいわ……！」

「これは……圧巻だな……」

レクシアたちは、見たこともない光景を前に立ち尽くしていた。

ティトが興奮にしっぽを震わせる。

「ここが、ロメール帝国の帝都……！」

ようやくたどり着いた帝都は、これまで通ってきた国内の村や町はおろか、他国のどの都市とも一線を画する威容を誇っていた。

街中に大小さまざまなパイプや煙突が張り巡らされ、機械が軋《きし》んだ金属音を響かせながら稼働《かどう》している。

巨大な金属の炉では、炎でも魔法でもない不思議な石が真っ赤に燃え、降りしきる雪の中、あちこちから蒸気が噴き上がっていた。

吹雪と蒸気の中を、外套《がいとう》を着込んだ人々がせわしなく行き来する。

「見て、見慣れない機械や装置がいっぱいあるわ！　あの白い煙は何⁉」

「わ、私も初めて見ました……！　帝都がこんなことになってるなんて……！」

「他の国にはない、独特の風景だな。しかし、ロメール帝国がこんなに機械文明が発達しているとは、初めて聞いたぞ。もしかして……」

ルナの視線を受けて、ノエルが頷く。

「はい。私が指揮を執り、魔導開発院のみんなで作りました」

「これもノエルが⁉」

「ぜ、全部ですか⁉」

レクシアたちは驚愕《きょうがく》しつつ、興味津々《きょうみしんしん》で帝都を見渡した。

「あ、あの光は何だ？　本物の炎でもなく、魔法とも違うようだが……室内で使っていた照明と同じものか？」

「『ぴかぴか明るいちゃん六号』にさらに改良を加えた、『夜道を照らすちゃん五号』です。帝都の人々には街灯と呼ばれているようですが。魔鉱石を燃料にして、特殊な水晶を発光させています」

「あ、あの、白い湯気を噴き上げている、大きい窯のようなものはっ……!?」

「『外でもあったまるくん三号』です。風と火属性の魔鉱石を組み合わせることで、周辺に蒸気の結界を発生させ、吹雪でも近くにいれば暖を取ることができます。同時に、共同の調理具としても使用できます」

「すごい、すごいわっ……！　これを全部ノエルが考えたなんて……！」

「これらの機械は、魔導具を改良・高度化したもので、魔鉱石や魔物がドロップする素材などを組み合わせることで稼働しています。魔鉱石は、気候の厳しいこの国で採れる貴重な資源なのです」

ノエルはアイスブルーの瞳で、帝都を見晴《みは》るかす。

「ロメール帝国は一年の半分以上が雪に覆われ、植物も育ち辛《づら》く、寒さと飢えに苦しんでいる人たちが大勢います。私は、魔法を使えない人たちも豊かに暮らせるよう、日々魔導具の研究と開発に打ち込んでいるのです。今は実験段階ですが、徐々に帝都以外でもこれらの魔導具を実用化していく予定です」

「そうか……爆発ばかり引き起こす奇天烈《きてれつ》魔術師かと思っていたが、そんな崇高な考えがあったんだな」

「ノエルさん、すごいです……！」

「ノエルは今、ロメール帝国の新しい時代を作ってるんだわ……！　すっかり忘れてたけど、やっぱり天才なのね！」

「忘れていたのですか⁉」

帝都の中心には堅牢《けんろう》な王城がどっしりと構え、その背後には急峻《きゅうしゅん》な雪山が聳《そび》えている。

「あれが呪いの中心──『氷霊憑《ひょうれいつ》き』になったフローラさんが囚《とら》われている山ね」

「はい」

山の中腹では、吹雪が灰色のヴェールとなって渦巻いている。

レクシアはふと空を見上げた。

「そういえば、帝都に入った途端、吹雪が弱まったわね」

「確かに……こんなに近くに呪いの発生源があるのに、奇妙だな」

「なんだか、吹雪が帝都を避けているみたいです」

するとノエルが眼鏡を押し上げつつ頷く。

「王城に巨大な魔導具を設置し、王城を中心に特殊な結界を張り巡らせて、帝都を護《まも》っています」

「そ、そんなことができるんですか⁉」

「さすがにこの吹雪を完全に防ぐことはできませんが、ある程度までは弱めることができます」

「そうか、だから帝都は呪いの中心地にありながら、壊滅的な被害は出ていないのか。大したものだな」

「魔法で同じ事をしようとしたら、何人も腕の良い魔術師がいなければならないけど、こんな方法で帝都の人たちを守れるなんて……尊敬するわ」

「ありがとうございます。ただ、大規模な魔導具はエネルギー源である魔鉱石の消費が激しく、劣化もしやすい。この呪いの吹雪を浴びて、いつまで保《も》つか……さあ、早くシュレイマン様の元へまいりましょう」

王城へと足を踏み出すノエルを、レクシアは慌てて引き留めた。

「待って！　そのままじゃだめよ！」

「？　なぜですか？」

「ノエルは帝都じゃお尋ね者なんだろう？」

「！　そうでした。姉のことで頭がいっぱいで、すっかり失念していました」

ノエルが声を潜めるも時遅く、周囲の人たちがノエルの姿に気づいてざわめき始めた。

「あれ？　あの人、もしかして……」

「おい、あの子、ノエル様に似ているような……」

「えっ、フローラ様と組んで国家を転覆しようとしているって噂《うわさ》の……⁉」

「……気付かれたようだな。とりあえず、場所を移すぞ」

人目を避けるため路地に入って、作戦会議をする。

「さすがは魔導開発院初代筆頭、やはり帝都ではかなり顔が知られているな」

「シュレイマン様の元にたどり着く前に兵士につかまっちゃったら、元も子もないわ。正体を隠すために、変装が必要よ！」

「しかし、怪しまれずに宮廷に入れる変装というと……」

「うーん、商人さんとかでしょうか？　もしくは庭師さんとか……？」

「平時ならそれで通るかもしれませんが、この緊急事態に入れてくれるかというと疑問ですね」

ルナたちがどれもピンと来ずに首を傾《かし》げていると、レクシアが勝ち誇ったように肩をそびやかした。

「私に任せて！　うってつけの変装があるわ！」

「うってつけの変装？」

「ええ！　シュレイマン様は、太陽神様の敬虔《けいけん》な信徒なんでしょう？」

「！　そうか、なるほどな」

はっと得心するルナに、レクシアは片目を瞑《つぶ》った。

「そう、シスターに決まりよ！」

＊＊＊

「わあ、きれい……」

四人は大通りにある仕立て屋に来ていた。

上流階級の女性御用達《ごようたし》の店らしく、店内は煌《きら》びやかで、様々なドレスやアクセサリー、香水などが飾ってある。

目をきらきらさせるティトに、レクシアが笑いかける。

「ティトは、こういうお店に入るのは初めてなのね」

「は、はいっ。サハル王国の市場《バザール》も賑《にぎ》やかで楽しかったですし、宮廷や夜会も豪華でびっくりしましたが……このお店は、とってもきらきらしていて、いいにおいで……なんだかふわふわします」

「この店は縫製用の魔導具を導入しているので、注文すれば即日完成します」

「シスター服などそう簡単に手に入るものかと思ったが、なるほどな」

品のいい女性店員たちは、レクシアたちを喜んで迎えた。

「まあまあ、可愛《かわい》らしいお嬢さん方だこと！」

「シスター服が入り用なのですって？　若いのに信心深くて偉いわねぇ」

「久々に腕が鳴るわね。すぐに仕立ててあげますからね」

口々にそう言って、あっという間にノエルの採寸を終える。

「すぐに仕立てるから、更衣室で待っていてね。……あら？　そういえばあなた、どこかで見たことがあるような――」

ノエルの顔を見た店員が首を傾げ――すかさず、レクシアが笑顔で割り込んだ。

「そう、そうなの！　よく間違われるんだけど、私って、とある王国の王女様にそっくりみたいなのよねー！　それじゃあ、更衣室借りるわね！」

きょとんとしている店員を置いて、四人は急いで店の奥にある更衣室に入った。

「ふう、危なかったわね！」

「あのごまかし方は無理があるだろう」

「でも、嘘《うそ》はついてないでしょ？」

更衣室は応接室も兼ねているらしく、部屋は広く、ソファまで設《しつら》えている。

くつろぎながら待っていると、すぐに仕立てたばかりの服が届けられた。

「それじゃあノエル、シスター服に着替えましょう！」

「はい」

　ノエルはためらいもせず服を脱ぎ――レクシアは思わず声を上げた。

「待って、ノエル！　その下着は何⁉」

「？　下着は下着……肌に直接着用する衣服ですが……？」

　ノエルは胸に巻いたさらしのような布を、不思議そうに見下ろす。

「それは下着じゃなくて布きれって言うの！　だめよ、身につけるものは、ちゃんと選ばなきゃ！」

「今のところ、特に不便は感じていないのですが……」

「……会った時から思ってたけど、ノエルって自分に興味なさすぎじゃない？」

　確かに、ノエルの短く切った灰色の髪はぼさぼさで、着ているものもくたびれている。

　レクシアは長い金髪を揺らして嘆いた。

「絶対に磨けば光るのに、もったいないわ。シスター服の前に、まずは下着からよ！　ちゃんとした下着を着けることで、姿勢も良くなって将来のスタイルが変わるんだから！」

「待てレクシア、今はそれどころじゃ――」

　レクシアはルナが止めるのも聞かず更衣室を飛び出すと、下着を何着か持ってきた。

「見て、可愛い下着がたくさんあったわ！　どのデザインが好き？」

「あの、お気持ちはありがたいのですが、見えないものにこだわる必要性を感じませ——」

「いいから私の言うことを聞きなさい！　んー。これが似合いそうね……あっ、こっちも可愛いわっ！」

「はじまっちゃいましたね」

ティトが苦笑いし、ルナもため息を吐《つ》きつつ首を横に振る。

「すまないノエル、レクシアは言い出したら聞かないんだ。諦めてくれ」

「よし、これに決めたわ！」

レクシアは有無を言わせずさらしを持つと、ノエルをくるくると回しながら引っぺがした。

「下着を着けるから、少し屈《かが》んでね。そうそう、こうして、こうして……」

「ん……く、くすぐったいですね……」

レクシアはノエルに下着を着用させると胸を張った。

「これでよしっ！　どうかしらっ？」

「あっ、なんだかカッコよくなりました！」

「下着だけでこんなに変わるものなのか」

ティトとルナが目を丸くする。

ノエルの背筋が伸び、シルエットががらっと垢抜《あかぬ》けたのだ。

「きょ、恐縮です」

目を泳がせて戸惑うノエルを、レクシアは満足そうに見回す。

「ほらね！　シスター服はシンプルな分、身体《からだ》のラインが出やすいのよ。ドレスもそうだけど、下着ひとつで、威厳とか説得力が全っ然違ってくるんですからね！」

「なるほど、そういうことだったのですね」

ノエルは納得したように頷《うなず》き――レクシアが、その胸に目を留めた。

「……っていうか、ノエルの胸、私より大きくない⁉」

「？　そんなに変わらないと思いますが……ひゃっ⁉」

「やっぱり！　こんな魅力的な胸を隠していたなんて、もったいないわ！」

「あ、あの、胸を揉《も》むことに何の意味が……っ⁉」

「レクシア、ノエルが困っているだろう。ふざけていないで早くしないか」

ノエルにシスター服を着させ、眼鏡を外す。

するとと完璧なシスターが誕生した。

「うん、ばっちりね！」

シスター服の清純で慎《つつ》ましい雰囲気が、ノエルの佇《たたず》まいと見事にマッチしている。

「すごい、どこからどう見てもシスターさんです……！」

「思った以上に似合うな。これならバレる心配はなさそうだ」

「それに、すっごく可愛いわ！　眼鏡を外すと、雰囲気ががらっと変わるわね！」

「……ありがとうございます」

そっけない反応だが、レクシアはその頬が微《かす》かに染まっていることに気づいた。

「もしかして、照れてる？」

「いえ、その……」

ノエルは恥ずかしそうに目を逸《そ》らした。

「普段、開発や研究に没頭していて、こういった会話に慣れていないもので。それに服装にこだわる機会もなかったものですから、新鮮だなと思っただけで……」

「ふふっ、やっぱり照れてる！　可愛いわ、ノエル！」

レクシアが抱きついて頭を撫《な》でると、ノエルはますます頬を染めて「うう」と呻《うめ》いた。

ひとしきりノエルを撫でまわしてから解放すると、レクシアが意気揚々と宣言する。

「よーし、それじゃあ、私たちも変装よっ！」

「わ、私たちもですか？」

「そうよ。シスターと旅人が一緒だったらおかしいでしょ？　それに、私がアルセリア王女だってバレたら、ややこしくなっちゃうじゃない」

「まあ、間違いなく大事になって、余計な時間を食うだろうな」

「そういうこと。事態は急を要するのに、公式訪問の段取りなんてしていられないわ。シュレイマン様とお会いすることさえできればこっちのもの！　ってわけで、みんなシスターに変装よ！」

さっそく三人分仕立ててもらって着替える。

「さすが、仕立てが良《い》いな。それにかなり上質な生地を使っているようだ、着心地がいい」

「あの、レクシアさん、これってどうやって着れば……」

「ここはね、こうしてこうして……あら？　絡《から》まっちゃった」

「はあ、貸してみろ」

着替え終わると、レクシアは目を輝かせた。

「いいじゃない、みんな似合うわ！」

少女たちの可憐《かれん》さとシスター服の清廉で厳かな雰囲気が、絶妙なハーモニーを奏《かな》でている。

ノエルもレクシアの意見に同意した。

「素晴らしい。みなさんどこからどう見ても、完璧なシスターです」

「むしろシスター以外の何者でもないわ！」

「で、でも、シスターって、一体何をすればいいんでしょうか……!?」

「なんかにこにこして、それっぽいことを言っておけばいいのよ！」

「ざっくりすぎるだろう！　はあ、こんなことで本当にうまくいくんだろうか……」

シスター服に身を包んだレクシアは、意気揚々と帝都の北を指さした。

「それじゃあ、王城へ向かいましょう！　いざ、シスター潜入大作戦よ！」

「だが、いくらシスターでも、そう簡単に入れてくれるか？」

ルナの呟《つぶや》きに、レクシアは片目を瞑った。

「大丈夫よ、私にとっておきの秘策があるの！」

＊＊＊

「見て、あのシスターたち……すごく可愛くない？」

「わっ、本当だ。目の保養ねぇ」

「あんな可愛いシスターがいたら、毎日教会に通っちゃうな……」

シスター服に身を包んだ四人が帝都を歩くと、すれ違う人たちが驚いて見つめてきた。

ルナが小声で呻く。

「……妙に注目を集めているが、大丈夫か？」

「大丈夫よ、どこからどう見ても、普通のシスターだもの。堂々としましょ」

やがて王城の前に着いた。

固く閉ざされた城門の前では、見張りの兵士たちが辺りを警戒している。

「いい？　私たちは太陽神様にお仕えする、敬虔《けいけん》なシスターよ。慎み深く、おしとやかにね！」

「それはお前に一番言いたいんだが……」

「うう、緊張します……！」

四人は鉄製の門を目指して、しずしずと進んだ。

その姿に気付いた兵士たちがざわめく。

「お、おい、あれ見ろよ……とんでもなく可愛いシスターたちが来たぞ……！」

「えっ⁉　あれシスターか⁉　すごいオーラなんだが……⁉」

一行が門の前まで行くと、重たげな槍《やり》ががしゃんと交差して行く手を塞いだ。

「止まれ」

二人の門番がレクシアたちを見下ろしていた。片方は髭面《ひげづら》で、もう片方は茶髪の兵士だ。門を護《まも》るだけあって、兵士たちの中でも一際《ひときわ》屈強な見た目をしている。

門番たちは、一瞬レクシアたちの美貌に目を瞠《みは》ったが、すぐに本来の任務に戻った。

「シスターのようだが、初めて見る顔だな」

「シスターといえども、許可のない者を通すわけにはいかん。速やかに立ち去るがいい」

ルナがレクシアに囁《ささや》く。

「やはりそう甘くないぞ。どうするんだ」

「秘策があるって言ったでしょ？　私に任せて」

レクシアは門番たちを見上げると、高らかに声を上げた。

「こんにちは！　太陽神様のお告げを伝えにまいりました！」

「そんな元気なシスターがいるか……！」

ルナの呻きも空《むな》しく、門番は明らかに怪しんでいる。

「お告げだと？」

「ええ。私たちは、太陽神様に選ばれた、特別な力を持つシスターよ。今回のロメール帝国の危機について、太陽神様から重大な預言を授かったの。急いでシュレイマン陛下のお耳に入れなければならないのよ。だから通してちょうだい」

「重大な預言って……もしかして、氷霊の呪いに関することか？」

レクシアの説明に、周囲の兵士たちがざわめく。

しかし二人の門番は「預言だぁ？」と懐疑的だ。

「じゃあ俺たちが伝えてやるから、その預言とやらの内容を教えろ」

「ダメよ。この預言は特別だから、直接シュレイマン様にお伝えしなくてはいけないの」

すると門番たちは笑って肩を竦《すく》めた。

「その預言とやらが本物かどうかも怪しいのに、通すわけにはいかないな。もしお前たちが本当に特別な力を持っているというのなら、今ここで証明してみせたらどうだ？」

「はは、そりゃあいい。その力とやらを俺たちに見せてくれたなら、通してやってもいいぜ」

まったく真面目に取り合う気のない門番を前に、レクシアはふぅとため息を吐いた。

「仕方ないわね。じゃあ、今ここで特別な力を披露してみせるわ……この子がね！」

「わ、私ですか⁉」

レクシアに背中を押されて、ティトが飛び上がる。

「ええ！　ティト、やっちゃって！」

「特別な力だって？」

「え、えっと⁉　ええっと……⁉」

あわあわするティトを威圧するように、茶髪の門番がずいっと進み出た。

「ははは、どうした、獣人の嬢ちゃん？　早く特別な力とやらを見せてくれよ。それとも何もできないか？」

門番はそう言ってからかうように身を乗り出し――ふわりと鼻をくすぐった香りに、ティトは目を見開いた。

「あれ？　香水……」

「は？」

「あっ、え、えっと……あの、あなたは、若い女性と一緒に暮らしていらっしゃいますよね……？」

「えっ⁉」

何やらひどく驚いている茶髪の門番の横で、髭面の門番が鼻で笑う。

「ふん、あいにくだが、こいつと俺はモテない同盟を組んでいてな。互いに冴《さ》えねぇ独り者、あいにく女なんて一生縁がな――」

髭面の門番は、自嘲しながら同僚を見遣《みや》る。

その視線の先、茶髪の門番が明らかに不自然な様子で目を逸らしていた。

「お、おい……お前、まさか……⁉」

「……じ、実は、その……最近、彼女ができたんだ……」

「なっ⁉　お、お前っ、そんなコト一言も言ってなかったじゃねぇか！　ふざけんなよ裏切者があああああっ⁉」

「ああ、くそっ！　こうなるから言いたくなかったのに！　でもこのシスター、どうして分かったんだ……⁉」

「どう？　これが神のお告げよ！」

レクシアが誇らしげに胸を張る。

獣人であるティトは優れた嗅覚を持っており、茶髪の兵士から、女性用の香水の香りを感じ取ったのだ。しかしそうとは知らない兵士には、ティトがまるで超能力でも使っているかのように見えたのだった。

「すごいわティト、お手柄よ！　これでお城に入れるわね！」

「えへへ」

レクシアはティトの頭を撫でていたが、ふと見ると、門番たちは動揺しながらもまだ門を開ける気はないようだった。

「い、いやどういうことだ⁉　確かにすごいが、今のはお告げと言えるのか……⁉」

「どうせ当てずっぽうだろ、この程度で城門を通すわけにはいかんぞ！」

頑《かたく》なな門番たちに、レクシアはため息を吐《つ》いた。

「ふう、まだ足りないのね。いいわ、さらなる力を見せてあげる。さあ、出番よ！」

「私ですか⁉」

今度はノエルが押し出される。

「ええ、ぼこぼこにやっちゃって！」

「ぼこぼこに⁉」

ノエルはしばし考え込んでいたが、顔を上げると、髭面の門番を指さした。

「……あなた、懺悔《ざんげ》したいことがありますね？」

「はあ⁉ なんだ、藪《やぶ》から棒に。俺は真面目一筋、懺悔する罪なんて……」

「勤務中、休憩時間にこっそりお酒を飲んでいるでしょう」

「えっ⁉」

目に見えて動揺する髭面の男に、茶髪の門番が呆《あき》れた目を向ける。

「お前、勤務中に飲酒とは……」

「そ、そそそそんなわけあるか！　第一、休憩なんてほんの短い間に隠れて酒が飲める場所なんて、城内にあるわけねえだろ――」

「懺悔室」

「⁉」

ノエルが発した一言に、髭面の門番がさっと青ざめる。

「懺悔室であれば、持ち場《ここ》からも近く、あまり人が来ることもない。休憩中に隠れてお酒が飲める。違いますか？」

「そ、そ、それはっ……！」

ノエルは門番に手を伸ばすと、ベルトの後ろから小さな酒瓶を抜き取った。

「あっ！」

「神はなんでもお見通しです」

狼狽《うろた》える門番に酒瓶を返しつつ、ノエルは大げさな仕草で首を振る。

「ああ、神聖な『懺悔室』が飲酒のために使われるとは、嘆かわしいことです。ですが、もし私たちを通してくださるのなら、太陽神様も罪を許してくださるでしょう」

「ううっ……⁉」

言葉に詰まる髭面の門番の肩に、茶髪の門番が手を置く。

「まあ、この寒さだ。酒で温まらなきゃやってらんねぇよな」

「お、お前、分かってくれるのか……！」

「俺は帰ったら彼女がおいしいスープを作ってくれるから、心までぽかぽかだけどな」

「てめえええええ！」

門番たちが喧嘩《けんか》している間に、ルナがノエルに囁く。

「兵士が懺悔室で隠れて飲酒しているなど、よく見抜いたな」

「ええ。私は魔導具『ずっと見てるくん三号』のおかげで、城内どこでも把握しているのです」

「そんなことまでできるのか⁉」

「とはいえ、飲酒の件は、彼の上司には報告していません。兵士にも多少の息抜きは必要ですからね」

レクシアは門番たちに向かって肩をそびやかした。

「どう？　これが神の目よっ！」

「い、いや、確かに秘密はバレたが、これ神の力と関係なくないか⁉」

「預言が本物かどうかは、まだ確証が持てないぞ……！」

狼狽《ろうばい》しつつも譲らない門番たちに、レクシアは呆れたように首を横に振った。

「まったく、まだ信じられないの？　あなたたちが通してくれないなら、仕方ないわね。特別な力を使って通らせてもらうわ！」

レクシアは閉ざされた門に向かって手をかざした。

「何だ？　一体何をするつもりだ？」

「まさかあれで門を開けるっていうんじゃないだろうな？」

「いやいや、無理だろ。男が六人がかりでやっと開く門だぞ？　第一、触れもせず門を開けるなんて……」

笑い混じりの兵士たちの声を遮って、高らかに叫ぶ。

「堅牢《けんろう》なる城門よ！　神の力をもって、えーと、なんかすごい奇跡が……そう！　なんやかんやで、開いてちょうだいっ！」

すると鉄製の重たい門が、軋《きし》んだ音を立てて開き始めた。

「なっ⁉　門が勝手に……⁉」

「嘘《うそ》だろ⁉　い、一体何が起こってるんだ……⁉」

門番や兵士が、放心して立ち尽くす。

「さあ、入りましょう、みんな」

レクシアは彼らを尻目に城門をくぐりながら、隣のルナに目配せした。

「打ち合わせもしてないのに、さすがね、ルナっ」

「ふっ。まあ、お前の考えそうなことだ」

ルナが密《ひそ》かに糸を操りながら、涼しい顔で肩を竦めた。

ルナが糸を使って門を開けたのだが、兵士たちにはまるで門がレクシアたちを迎え入れたように見えたのだった。

こうしてレクシア達は、唖然《あぜん》と佇《たたず》む門番たちを後にして、堂々と入城したのだった。

＊＊＊

「貴殿らが、不思議な力を持つというシスターか」

謎の力を持つシスターたちの来訪に、城内は一時大騒ぎになった。

しかし、そのシスターたちが帝国の危機を救う預言を授かったらしいという話がシュレイマンの耳に入ると、すぐに謁見の手はずが整えられたのだ。

大臣や近衛《このえ》隊などの錚々《そうそう》たる面子《メンツ》が居並ぶ、謁見の間。

正面の椅子には、赤いマントに身を包んだ体格のいい壮年の男が座っていた。

燃え立つような赤毛に、鋭い深灰色の瞳。精悍《せいかん》な顔には、右目から頬に掛けて、大きな古傷が走っている。彼こそが、北の大国ロメール帝国を統《す》べる帝王、シュレイマンであった。

「なんでも、太陽神より我がロメール帝国の存亡に関わる預言を授かったとか」

「ひっ……」

重々しい声と威圧感に、ティトがしっぽを震わせる。

シュレイマンは、眼光鋭く四人を射貫《いぬ》いた。

「しかし、初めて見る顔だな……ん？」

その視線が、ノエルの上で止まる。

「……その方《ほう》、見覚えのある顔だな……？　そのアイスブルーの瞳……まさか、ノエルか⁉」

「なっ⁉」

「の、ノエル様ですと⁉」

ノエルの正体を看破したシュレイマンが立ち上がる。

兵士たちも驚きつつ、ノエルを捕らえようと身構えた。

「よ、よくもおめおめと！　シスターの変装までして、再び陰謀をばらまきに来たか⁉」

「すぐに捕らえますぞ、よろしいですな、陛下⁉」

「う、うむ……仕方ない」

近衛隊長の問いに、シュレイマンが躊躇《ためら》いながらも頷《うなず》く。

兵士たちが飛び掛かろうとした時、レクシアがノエルを庇《かば》うようにして前に出た。

「待って、ノエルは無実よ！　話を聞いて、シュレイマン様！」

「！　その声は……ま、まさか……!?」

レクシアはシスター服のベールを脱いだ。乱れた髪を左右に振ると、長い髪が砂金の川のように眩《まばゆ》く煌《きら》めく。

驚くシュレイマンに、レクシアは翡翠《ひすい》色の瞳を細めて微笑《ほほえ》んだ。

「ご無沙汰しております、シュレイマン様。アルセリア王国第一王女、レクシア・フォン・アルセリアです」

「や、やはりレクシア殿!?」

「なっ……!?　アルセリア王国の王女殿下だと!?」

「い、一国の姫君が、近衛隊も連れずに……!?　どういうことなんだ……!?」

突然のアルセリア王女の登場に、シュレイマンばかりでなく謁見の間全体が驚愕《きょうがく》に包まれる。

「アルセリア王女である貴殿が、一体なぜここに……⁉」

しかし当のレクシアは、誇らしげに肩をそびやかした。

「私たち、困っている人や国を救う旅に出たんです！」

「な……⁉　一国の王女が、そんな少数の護衛だけ連れて旅に……⁉」

「ええ。その旅の途中で、ノエルにロメール帝国とお姉さんを救ってほしいと助けを求められて、ここに来たの」

レクシアはノエルを振り返り、部屋中に聞こえるように声を張った。

「ノエルは陰謀なんて企《たくら》んだりする子じゃない。私たちが保証するわ。そのために私たちもシスターのふりをして、ここまで一緒に来たのよ」

「少し変わってはいるが、誰よりロメール帝国の人々のことを考えているのは間違いないな」

「まっすぐで正直で、お姉さん想《おも》いの、とても優しい方です……！」

「みなさん……」

ノエルがレクシアたちを見つめる。

するとシュレイマンが、重々しい声で呻《うめ》いた。

「うむ……やはりそうか……」

「シュレイマン様……？」

「ノエルよ。レクシア殿たちの言う通り、お主が誰より国や民を憂いていることは、我もよく知っておる。お前が陰謀など謀るわけはないということも。……お主に兵を差し向けたのは、お主を守るためだったのだ」

「え？」

「あの時、氷霊の呪いによって不安と混乱が広がる中で、これがお主の陰謀だという声は日に日に強まり、いつ爆発するか分からない状態にあった。そしてついに、強硬派がお主の身柄を狙っているという情報が入った。そこで強硬派がお主に害を及ぼす前に、こちらでお主を捕らえて我の手元で保護しようと、やむなく兵を差し向けたのだ」

「そういうことだったのですね……」

ノエルは安堵《あんど》の表情を浮かべると、レクシアたちを振り返った。

「ですが、おかげでこうして心強い助けを得ることができました」

「うむ。レクシア殿御一行とはどこで出会ったのだ？」

「サハル王国の砂漠です」

「さ、サハル王国だと？　遥《はる》か南の地からここまで来たというのか……！」

驚くシュレイマンに、レクシアが頷く。

「ええ。魔物に乗ってひとっ飛びだったわ」

「魔物に乗って⁉」

「もう訳が分からない……」

「あ、あまりに豪胆すぎる……あの子、本当にアルセリア王国の王女なんだよな……？」

臣下たちは唖然としている。

シュレイマンは気を取りなおした。

「……サハル王国ではつい先頃、伝説のキメラが封印から目覚めるという未曾有の危機があったと聞くが、無事で何よりだ。なんでも、とんでもない英雄が現れて四体のキメラを殲滅《せんめつ》し、さらに宰相による国家転覆の野望を打ち砕いて、国の危機を救ったというが……」

「あ、それ、私たちのことね」

「とんでもない英雄とは貴殿らだったのか⁉」

「そんな偉業を成し遂げていたのですか⁉」

「そういえば、言ってなかったわね」

仰天するノエルに、レクシアが何でもないことのように言う。

「れ、レクシア様たちが、キメラを倒した……⁉」

「お付きの二人も可憐《かれん》な少女に見えるが……一体どうやって……!?」

騒然とする重鎮たちと同様、シュレイマンもまだ信じがたいように目を見開いている。

「れ、レクシア殿のお付きの二人が、よほどの実力者だということか……だがそうであったとしても、危険であることには変わりない。一体何故《なぜ》そんなことを……？」

「言ったでしょ？　私たち、世界を救う旅に出たんです！　そして、今ここに立っているのも同じ理由よ」

レクシアは強い瞳でまっすぐにシュレイマンを見つめた。

「このままじゃ、ロメール帝国は氷霊の呪いの力で滅びてしまう。その前に、私たちが何とかするわ！　そのためにここに来たんですもの！」

自信に溢《あふ》れた宣言に、ざわめきが広がる。

「あ、アルセリアの王女殿下が、本当に我が国を救うために……!?」

「だが氷霊の呪いは強大だぞ、あんな華奢《きゃしゃ》な女の子たちに解くことができるのか……!?」

「いや、実際にキメラを倒して、サハル王国の危機を救ったんだ！　ロメール帝国のことも助けてくれるかもしれんぞ……！」

シュレイマンや重鎮たちの顔に、驚きと、次いで希望が広がった。

国土が為《な》す術《すべ》もなく呪いに呑《の》まれていく中で、一国の危機を救ったというレクシアたちの登場は、暗鬱とした日々に差し込んだ初めての光明であった。

こうしてレクシアたちは、シュレイマンに詳しい事情を聴くことになったのだった。

＊＊＊

レクシアたちはシスターの変装を解き、シュレイマンと共に会議室のテーブルについていた。

「事情はノエルから聞きました。フローラさんは、この国に太古から生きる邪悪な存在――『呪王《じゅおう》の氷霊』に取り憑《つ》かれてしまったって」

「ああ。氷霊は遥か古《いにしえ》に封印されたはずなのだが、何かの弾みで封印が解けてしまったらしい。氷霊は人間に取り憑き、『氷霊憑き』となった人間は、氷霊に操られ、呪いをまき散らすようになる……だがこれほどまでに強力な呪いは、歴史を繙《ひもと》いても初めてだ。フローラは優秀な魔術師だからな、氷霊にとってはまたとない依代《よりしろ》なのだろう……」

レクシアはノエルと視線を交わして切り出す。

「なんでも、ロメール帝国の王家には、氷霊について記した文献が伝わっているとか……

その文献に、氷霊を倒す手がかりは書いてないんですか?」

「……それは……」

　シュレイマンが言葉を詰まらせ、何かを逡巡《しゅんじゅん》するように眉間にしわを寄せる。

「シュレイマン様。事態は一刻を争うわ、隠し事はなしよ」

　レクシアが真剣な目で見つめると、シュレイマンはぐっと唇を引き結んだ。

　腹を決めたように頷き、臣下に「あれを」と命じる。

　やがて臣下が丁重に持ってきたのは、重厚で古めかしい一冊の本だった。

「……我が王家に伝わる古代書だ。この文献に、氷霊やその呪いについて記されている。

だが……」

「読ませてください!」

　レクシアは書物を受け取るとページを開き――

「あら?」

「見たことがない文字だな」

　年を経たようにぼろぼろになっているページは、見慣れない文字で埋め尽くされていた。

　シュレイマンは呻くように苦しげな声を絞り出す。

「それは北方に住まう獣人の中でも、ごく希少な種族に伝わっていた古代語だ。だがロメール帝国は、長きに亘《わた》り獣人を迫害してきた。我らの間違った歴史が、多くの獣人を蹂《じゅう》躙《りん》し、放逐し……そしてそのことによって、氷霊について知る術をも永遠に失ってしまったのだ」

「そんな……じゃあ、この本を解読する術は、もうないっていうことなの……？」

「そうか、解決策を知りながら手を打たなかったんじゃない、手の打ちようがなかったのか……」

取り返しのつかない事実を突きつけられて、絶望の沈黙が場を包み込んだ。

その時。

「あの……私、それ、読めるかもしれません」

「⁉」

全員が一斉に振り返った先で、ティトがおずおずと手を挙げていた。

「本当なの、ティト⁉」

「は、はい。小さい頃——村の人たちに見つかる前に、ネーヴェ山という秘境に住んでいたんです。そこで、長老のおばあちゃんに、この文字を教わった気がします」

ノエルが目を瞠《みは》った。

「ネーヴェ山とは、伝説の霊峰のことですか？　神秘の力に護《まも》られ、常人には踏み入れることさえできないという……」

「なんと、そうであったか……！」

「すごいわ、ティト！　解読できる？」

ティトは、差し出された古代書に目を落とす。

「えっと……『氷霊は人の弱さに根を張り、取り憑く……満月の夜、その力は完全に解き放たれ、依代となった人間の身体《からだ》は、永久に氷霊のものとなる』……」

「満月の夜ですって？」

「は、はい。なので、ここに書いてあることが本当だとしたら……フローラさんを助けられるのは、次の満月まで——あと五日しかないです……」

「そんな……」

ノエルが青ざめ、ルナが難しい顔で腕を組む。

「こうしている今も、氷霊は力を蓄え続け、五日後の満月の夜に完全体となって真の力を解放する……ということか」

「……そうなれば、帝国全体が呪いの氷で覆われるでしょう」

ノエルが沈痛な面持ちで呻《うめ》く。

ティトが慌ててページをめくった。

「『氷霊を倒せば、すべての呪いは解ける』とも書いてありますが……」

「しかし、氷霊はフローラの中にいるのだろう？　どうやって引き剝がすんだ？」

「そ、それが、ページが破れたり文字が掠《かす》れたりしていて、ところどころ読めなくて……」

すると、真剣な顔で考え込んでいたレクシアが顔を上げた。

「氷霊は人の弱さに根を張る……ってことは、私の出番じゃない⁉　私なら、フローラさんを元に戻せるかもしれないわ！」

ルナもはっと気づいた。

「！　そうか、『光華《こうか》の息吹《いぶき》』か！」

「『光華の息吹』？」

怪訝《けげん》そうなノエルに、ティトが興奮ぎみに頷《うなず》く。

「レクシアさんが持つ不思議な力です。私は心の弱さが原因で、力を制御できないことがあったんですが、レクシアさんは『光華の息吹』で、私の暴走を止めてくれたんです」

「これで決まりね！『光華の息吹』で氷霊をフローラさんから引き剝がしてやっつけま

しょう！　方法さえ分かっちゃえば、氷霊なんてへっちゃらだわ！」

「お前、そんなに言うなら、もう『光華の息吹』を使いこなせるようになったんだな？」

疑わしげなルナに、レクシアはけろりと答えた。

「よく分からないけど、いざとなったらできるんじゃない？　こういうのはやる気よ、やる気！」

「お前、なんでもかんでもやる気で解決できると思ってないか⁉」

「思ってるわ！　やる気があれば、大抵のことはなんとかなるのよ！」

ルナのツッコミに、レクシアが自信満々に胸を張る。

シュレイマンが難しい顔で口を開いた。

「しかし、氷霊に取り憑かれた人間は厄介だぞ。歴史上、名のある勇者や魔術師が挑み、からくも氷霊を封印してきたが、その度に甚大《じんだい》な被害を出している。しかも今回取り憑いたのは、魔法の才に優れたフローラだ。倒すのは困難を極めるのでは……」

「そんなに心配しなくても大丈夫よ、シュレイマン様。こっちにはルナとティトがいるんだし、ノエルの魔導具だってあるんですもの！　ねっ？」

レクシアが片目を瞑《つぶ》ると、ルナはまんざらでもなさそうに肩を竦《すく》め、ティトが嬉《うれ》しそうにしっぽを揺らした。ノエルも力強く頷く。

「そうと決まったら、早速フローラさんの元へ向かいましょう！」

「貴殿らだけでは心もとないだろう。我が軍も連れて行くといい」

シュレイマンが軍を手配しようとするが、レクシアは首を振った。

「ダメよ。兵士がいると、フローラさんが警戒しちゃうかもしれないもの。私たちだけで行った方が、きっと心を開いてくれるわ！」

「そうか……力になれずすまない、恩に着る。すぐに橇《そり》を用意させよう」

シュレイマンは臣下に橇の準備を指示すると、ティトに向き直った。

「ティト殿、その本はそなたが持って行くがいい」

「えっ、い、いいんですか？」

「ああ。我々の手元にあっても、解読できる者もおらぬ。読むことができるそなたが持っていたほうがいい。氷霊との戦いで役に立つこともあろう」

シュレイマンはそう言って、深灰色の目を伏せる。

「我が即位して以来、できる限り獣人への差別の撤廃に尽力してきたが、残念なことにまだその全てを払拭《ふっしょく》することはできていない……帝都から離れた村に住んでいたのならばなおさらだ、おそらく辛《つら》い目に遭ってきただろう。我々の過《あやま》ちで辛い想《おも》いをさせて、すまなかった」

「い、いいえ！　……あの、ここに来るまでの町や帝都の人たちは、私にもとても優しくしてくれました。ロメール帝国に来る前は、少しどきどきしたけど、ノエルさんにシュレイマン様が即位されてから変わったんだって聞いて……ありがとうございます。この本も、大切に預かりますね」

ティトが古代書を胸に抱いて笑うと、シュレイマンは少し目を見開き、眉を下げて笑った。

＊＊＊

一行が外に出ると、立派な橇が用意されていた。

橇に繋《つな》がれた大きな犬のような魔物を見て、ティトが歓声を上げる。

「わあ、大きい……！」

「【スノウ・ファング】だ」

そう言って犬の頭を撫《な》でるシュレイマンを、ノエルが驚きを込めて見上げる。

「こんな特別な魔物を……よろしいのですか？」

「もちろんだ。そなたらの良きように使ってくれ」

「そんなにすごい魔物なのか？」

ルナが尋ねると、ノエルは眼鏡を押し上げた。

「ええ。スノウ・ファングは寒さに強く、脚力もさることながら、体力に優れ、六頭で十人乗りの橇を長時間引くことができます」

六頭の犬はレクシアたちを見て人懐《ひとなつ》っこそうにしっぽを振った。

白い毛並みはふさふさとして、黒い目が星のように輝いている。

「ふふ、もふもふだな」

「速くて力持ちなんて、とっても頼りになるわね！　よろしくね、わんちゃんたち――きゃっ⁉　なんで飛び掛かるのー⁉　舐《な》め、舐めないで、うぶ、うぶぶぶぶ！」

ひっくり返って顔を舐められているレクシアをよそに、ルナは橇の後方に目を遣《や》った。

「ところで、橇の後ろに付いている箱はなんだ？」

橇は木材でできているのだが、その後方に、頑丈そうな金属製の箱と筒が備え付けられているのだ。

ノエルはその装置に手を置いた。

「私が開発した『雪の上ぐんぐんすすむくん一号』です。魔鉱石のエネルギーによって、爆発的な推進力を生みます。スノウ・ファングの脚力と併せれば、姉のいる岩窟まで半日で着けるでしょう」

「爆発しないだろうな……？」

「…………」

「何で黙るんだ⁉」

ルナは浅く息を吐いて気を取り直すと、吹雪の渦巻く山を見上げた。

「問題はこの吹雪だな。呪いの発生源である山となれば、道のりはいっそう厳しいだろう」

するとノエルが銀色のチョーカーを差し出した。

「吹雪については問題ありません。私の工房から、新作の魔導具を回収してきました。これを首に装着すれば、ある程度吹雪を防げるはずです」

「そんな魔導具まであるのね！　やっぱり天才ね、ノエル！」

「……万が一これが爆発したら、首が飛ぶんだが？」

「ご安心ください、五日は実用に耐えうると実証済みです」

「五日経《た》ったら爆発するんですか……⁉」

「まったく安心できないんだが⁉」

「でも五日後には解決してるでしょうし、ちょうど良かったわね！」

「どこまで前向きなんだ、お前は……⁉」

おそるおそる装着すると、四人の身体を暖かい空気のヴェールが包んだ。

「すごい、風も寒さも感じなくなったわ！　これがあれば、吹雪も怖くないわね！」

「まるで暖かい膜に包まれているみたいです……！」

「不思議な感覚だな。だが確かに、これで吹雪の問題は解決しそうだ」

「他にも、様々な魔導具を回収できました」

ノエルはさらに巨大になった背負い袋から、様々な魔導具を取り出す。

レクシアがばらばらの部品に目を留めた。

「それは？」

「私の最新作――魔銃の部品です」

「魔銃？」

「魔鉱石を装填してエネルギーに変換することで、魔法のように放つことができます。試験では一区画先の【ミスリル・ボア】を一撃で倒しました」

「なっ⁉　普通なら傷一つ付けることさえできない【ミスリル・ボア】を、遠距離から一撃で……⁉」

「そんな強力な武器まで作れるんですか⁉」

「すごい、心強いわ！　それに、魔術師のいない村や町でも、これがあれば魔物の脅威を退けることができるわね！」

「ただ、この通り巨大なので、使用する前には組み立てが必要なのと、連射ができないこと、純度の高い魔鉱石を消費するのが難点ですが……。それと、現在名称を考案中です。『遠くの的もバコーンと撃ち抜くくん』か、『塵《ちり》も残さず吹き飛ばすくん』か……」

「……魔銃じゃだめなのか？」

四人は準備を終えると、橇に乗り込んだ。

わんわんと賑《にぎ》やかな声と共に、橇が滑り出す。

「それじゃあシュレイマン様、行ってきます！」

「気を付けて行かれよ。どうかロメール帝国の未来を頼む」

シュレイマンたちに見送られて、一行は帝都の北に聳《そび》える山へと向かった。

第四章　氷の呪い

帝都の北に聳える山。

犬たちは吹き付ける雪をものともせず、雪深い斜面を駆けあがる。

「わあ、速いです！」

「それに、全然寒くないわ！　吹雪もへっちゃらよ！」

「これが魔導具の効果か、すごいな」

目的地が近付くごとに吹雪は強くなっていくが、ノエルの魔導具の効果で寒さを防ぐことができていた。

「しかしこの魔導具、一体どういう仕組みなんだ？」

「姉の魔法を参考に、魔鉱石に火と風属性の素材を組み合わせて加工しました。姉はそういった繊細な魔法が得意でしたから」

ノエルの口調は淡々としているが、誇らしげな響きが滲《にじ》んでいる。

レクシアは笑ってノエルを振り返った。

「フローラさんのこと、尊敬してるのね」

「どんなお姉さんだったんですか？」

ティトの問いに、ノエルは静かに口を開いた。

「……姉は、早くに亡《な》くなった両親に代わって、私を育ててくれました。優れた人格者であり、そして優秀な魔術師でもありました。私は単純に、生まれ持った魔力が人より多かっただけですが、姉は違います。不断の努力で、魔法を正確に制御する術を身に着けた」

ノエルは魔導具が詰まった背負い袋に目を遣《や》る。

「私の魔導具は全て、姉の魔法から着想を得ています。シュレイマン様をはじめ、多くの方が私の魔導具を褒めてくださいますが……私の魔導具がすごいのではなくて、着想の基になった姉の魔法が優れているのです。皆が便利に暮らせるようになったのは、私ではなく、姉のおかげなんです。姉の魔法は繊細で精度が高い。寒さの厳しいこの国で、より多くの人を救うためには、姉のような魔法こそが必要なのです。……本当ならば、宮廷魔術師の首席も、私ではなく姉がなるべきだった」

アイスブルーの瞳が、吹雪の先――フローラが囚われているという岩窟の方向を見つめた。

「姉は掛け値なしに優れた魔術師です。私は小さい頃から、姉が帝国中を飛び回り、多くの人を助ける姿を見てきました。……ですが、いくら姉一人が魔法の練度を上げても、救える人の数には限りがあります。姉は困っている人を見ると、自分をすり減らしてでも、自らの手で救おうとしてしまう。そんな姉を見て、私は思ったのです。魔法が使えない人も、魔法が使える人と同じように、便利で豊かに生きられる国を作りたい。誰もが安心して暮らせるように、もっと便利な魔導具をたくさん発明して普及させたい。この国のみんなのためにも、姉さんのためにも……だから姉の魔法を参考にして、魔導具を開発しはじめたのです」

今レクシアたちを吹雪から守っている魔導具も、その一部だった。

「ティトさん。古代書には、『氷霊は人の弱さに根を張り、取り憑《つ》く』と書かれていたのですよね？」

「……はい」

ノエルは吹雪の先へと目を向けた。

「姉はいつも優しく努力家で、どんなに辛《つら》いときでも笑顔を絶やさない、強い心の持ち主でした。私はそんな姉を尊敬しています。そんな姉が、何故《なぜ》氷霊に憑かれてしまったのか……姉を助けて、話がしたい。私にもこの国の未来にも、姉の存在は不可欠なのです」

「じゃあ、なんとしてでも氷霊をぼこぼこにして、フローラさんを助けなきゃね！」

レクシアが力強く拳を握り、ノエルが笑って頷《うなず》く。

その時、前方に目を凝らしていたルナが声を上げた。

「見えてきたぞ。あれが件《くだん》の岩窟か？」

吹雪のベールの向こう、険しい岩壁に、巨大な入り口がぽっかりと開いていた。

「はい。念のため、橇《そり》はここに置いていきましょう」

岩窟の手前で橇を降り、雪をかき分けて進む。

岩窟を覗《のぞ》き込むと、風は微《かす》かに吹いているが、呪いの中心という割に、不思議と静まり返っていた。

「姉はこの奥です」

「分かったわ。慎重に行きましょう」

四人は警戒しつつ、岩窟に足を踏み入れた。

洞窟の奥から、魔導具の効果越しにも刺すような冷気が漂ってくるのを感じる。

氷柱《つらら》の下がった天井を見上げながら、レクシアが緊張した声で呟《つぶや》いた。

「思ったより広いわね」

「かなり奥まで続いているようですね」

「！　待て、あれは……？」

一行の行く手に、分厚い氷の壁が立ちはだかっていた。

ノエルが氷の壁へ駆け出す。

「姉さん！」

「……ノエル……？」

氷の壁越しにも、その細い声ははっきりと聞こえた。

「あれが、フローラさん……？」

氷の壁の向こう――岩窟の最奥《さいおう》に、ローブ姿の女性が囚《とら》われていた。

肩まで伸ばした灰色の髪に、ほっそりとした身体《からだ》。顔立ちはノエルに似ているが、纏《まと》う雰囲気は柔らかく、大人びている。

その女性――フローラは、氷でできた鎖によって氷の玉座に縛り付けられ、その顔色は幽鬼のように青白かった。

「氷霊を引き剝がす方法が分かったの！　もう大丈夫だからね、姉さん！」

「ノエル、どうして……どうして来てしまったの……だめよ、近寄らないで……っ」

ノエルの叫びにも、フローラは力なく首を振るだけだ。

レクシアは天井まで届く氷の壁を見上げた。

「ノエル、この壁は？」

「これも氷霊の呪いの力の一種です。炎でも融《と》けることはなく、魔術師が放った魔法もすべて弾《はじ》かれました」

「ただの氷じゃないってわけね。もしかすると『光華《こうか》の息吹《いぶき》』も届かないかもしれないわ……ルナ、ティト、壊せる？」

「かなり分厚いが、やってみよう。ティト、力を合わせるぞ」

「はいっ！」

ノエルは氷の壁の向こうにいるフローラに声を張る。

「姉さん、今助けるからね！」

しかし返ってきたのは、身を振り絞るような悲痛な叫びだった。

「ああ、だめ、だめよ、ノエル……！　あなたを傷付けたくないの……！　お願い、来ないで……！」


パキッ、パキパキ……！

一瞬にして辺りに冷気が立ち込め、氷の壁の一部が盛り上がる。

「！　退《さ》がれ、ノエル！」

「きゃ⁉」

ルナはノエルに糸を巻き付けると、力任せに引き寄せた。

間一髪、鋭く尖《とが》った氷柱が氷の壁から撃ち出され、ノエルがいた場所に突き立つ。

「な……⁉」

「ああ、ごめんなさい、ごめんなさい……！　早く、逃げて……！」

フローラが氷の涙を流しながら叫ぶ。

その瞬間、氷の壁から冷気が放たれた。

「！　危ない！」

ルナがノエルを、ティトがレクシアを抱えて飛び退《すさ》る。

地面が瞬時に凍り付いたかと思うと、氷が盛り上がって人の姿を形作った。

「な……⁉」

「ヴオオオオオオ！」

次々に生み出された氷の人形が、一斉に雄叫《おたけ》びを上げる。

「何よ、この氷の人形⁉」

「これも呪いの力か……⁉」

ルナと背中合わせになったノエルが、氷の人形たちを睨《にら》み付ける。

「これが、軍から報告のあった氷の人形ですね……！　気を付けてください、この氷の軍勢に、ロメール帝国の軍が壊滅寸前まで追い込まれました！」

ティトがレクシアを庇《かば》って前に出た。

「レクシアさん、下がっていてください！」

「ヴオオオオオオ！」

警戒する四人へ、氷の軍勢が襲い掛かった。

＊＊＊

ルナとノエルを囲んだ氷の人形が、一斉に手を突き出す。

「い、一体何を……⁉」

「ヴォオオオオオオ！」

雄叫びと共に、氷の手のひらから無数の氷柱が撃ち出された。

「きゃ……⁉」

逃げ場もなく迫る攻撃に、ノエルは悲鳴を上げ――

「『監獄《かんごく》』！」

ガキィイイインッ！

ルナは自分たちの周囲に糸を張り巡らせると、四方から迫る氷柱を防いだ。

「あ、あの数の氷柱を、全部防いだ……⁉」

ノエルが目を丸くする。

無力化された氷柱ががらがらと落ち、氷の軍勢が怯《ひる》んだように後退った。

「ヴォ、オ……」

「これで終わりか？　ならばこちらの番だな。──『乱舞《らんぶ》』！」

ルナは氷の人形たちに向かって、鋭く両手を振るった。


ヒュッ、スパパパパパパッ！

「ヴオオオオ、オオ……！」
縦横無尽に乱舞する糸に切り刻まれ、氷の人形が氷塊と化してその場に崩れ落ちる。
「なっ……⁉　ロメール帝国の精鋭でも歯が立たなかった氷の軍勢が、こんなにあっさり
……⁉」

ルナに倒された第一陣の背後から、新たに生み出された人形が次々に現れる。

「数は多いが、動きが鈍いのが救いだな。まとめてただの氷に帰してやろう。――『螺《ら》旋《せん》』！」

集まった糸がドリルのように回旋しながら、先頭にいる氷の人形を貫いた。

糸の勢いは止まらず、その後ろにいる人形たちを巻き添えにしてなぎ倒していく。

「ヴォオオオオオッ！」

「ヴォ、オオオオオオオ……！」

あるいは壁に叩《たた》きつけられ、あるいは糸に貫かれて、氷の群れがあっけなく崩れ去る。

「な、なんて威力……ルナさん一人で、精鋭一個大隊を凌《しの》ぐのでは……!?」

「ふう。呪いの力とはいえ、所詮は氷か。思いのほか脆《もろ》かったな」

あっけにとられるノエルをよそに、ルナは白い息を吐いたのだった。

＊＊＊

「ヴヴ、ヴオ、オ……！」

じわじわと近づいてくる氷の軍勢に向かって、レクシアが指を突き付ける。

「ティト、やっちゃって！」

「任せてください！　【烈爪《れっそう》】！」

ティトは爪を構えると、横に薙《な》いだ。

真空の刃《やいば》が生み出され、居並んだ人形の胴体をズバアアアッ！　と横一文字に薙ぎ払う。

ただの一撃で、何十体という氷の軍勢が、あっという間にもの言わぬ氷塊と化した。

「やった！　さすがね、ティト！　氷の人形なんて目じゃないわ！」

「あ、ありがとうございますっ」

嬉《うれ》しそうに頬を染めるティトの元に、一際《ひときわ》大きな個体が立ちはだかった。

「ヴォオオオオオオ！」

「わわっ！」

「きゃあ⁉」

丸太のような腕が振り下ろされる。

ドゴオオオオオオオオオオオッ！

ティトがレクシアを抱いて飛び退ると、叩きつけられた氷の拳が岩盤を深く抉《えぐ》った。

「ヴオオ……」

「ちょっと⁉　岩を抉るなんて、なんて馬鹿力なの⁉　ティト、気を付けて！」

「大丈夫です！　体が大きい分、動きは鈍い……なら――！」

ティトはレクシアを降ろすと、瞬時に氷の人形に向かって地を蹴った。

岩盤にめり込んだ拳や腕を踏み台にして、華麗に駆け上がる。

「ヴオオオオオオッ⁉」

「お返しですっ！　──【雷轟爪《らいごうそう》】！」

氷の肩を蹴って天井すれすれまで跳躍すると爪に力を溜《た》め、真下の人形目がけて思い切り叩き付けた。

「ヴォオオオオオ……！」

凄《すさ》まじい力の奔流を喰《く》らって、氷の巨体が押し潰されるようにして瓦解《がかい》する。

「レクシアさん、お怪我《けが》はないですか──ひゃあっ⁉」

レクシアに駆け寄ったティトは、言葉半ばに抱きしめられて素っ頓狂な声を上げた。

「すごいわ、ティト！　自分より何倍も大きい相手を倒しちゃうんだから！」

「え、えへへ、ありがとうございます」

レクシアは嬉しそうなティトを撫《な》でくり回していたが、ふと氷の破片を見て呟《つぶや》いた。

「……ティト、いちごのシロップ持ってない？」

「まさか食べる気ですか⁉」

ティトはレクシアが変な気を起こす前に、慌てて氷の壁の前へ引っ張っていくのだった。

＊＊＊

辺りに散らばる氷の破片を見渡して、ノエルは感嘆しながら立ち尽くした。

「つ、強すぎる……！　兵士たちが束になっても敵《かな》わなかったのに、さすがは【首狩り】と『爪聖《そうせい》』の弟子……！」

「さすがね、二人とも！」

全ての人形を倒した四人は、氷の壁の前に立った。

「さあ、この壁を壊して、フローラさんを助け出すわよ！」

「ああ。行くぞ、ティト！」

「はいっ！」

ルナとティトは氷の壁に向かって身構え、力を練る。

しかし。

その足元で、氷の破片がかたかたと動き出した。

そしてあっという間に寄り集まったかと思うと、再び氷の人形を形作る。

「ヴオオオオオオ！」

「なっ……!?」

「さ、再生した⁉」

さらに、氷の壁から床を伝って冷気が広がった。

その冷気を得た氷の人形たちが狂暴さを増す。

「ヴォオオオオオオッ！」

「攻撃が甘かったか……！」

「今度こそ止《とど》めを刺しますっ！　【奏爪《そうそう》】ッ！」

ティトが爪で斬り付けるが、すぐに氷が集まって元の姿に戻った。

「だ、ダメです！　斬っても斬っても、元に戻っちゃう……！」

「こちらもだ……！」

ルナも別の個体に攻撃を加えるが、斬った傍《そば》から再生してしまう。

しかも再生するごとに、強度が上がっていた。

「ッ、硬い……⁉　どんどん攻撃が通用しなくなってます……！」

「まさか、呪いの力を得て強くなったのか……⁉」

「確かに全部倒したのに！　なんなのよ、あの氷の人形は⁉」

ルナとティトは、強くなっていく敵に苦戦しながらも破壊していく。

するど今度はすべての破片がより集まり、合体し、天井に届くほどの巨大な人形と化した。

「ヴォオオオオオオオオオオ！」

「な……⁉」

氷の巨人がゆっくりと腕を振り上げる。

「ヴオオオオオオオ！」

ガギイイイイイイインッ！

「くぅっ……！　なんて、力……っ！」

振り下ろされた腕を受け止めて、ティトが顔を歪《ゆが》める。

ティトを押しつぶそうとする腕を、ルナが斬り落とした。

「『乱舞』！」

「ヴォオオオオッ⁉」

氷の腕が半ばから落ち、地面に衝突してばらばらに砕ける。

が——

「ヴオ、オオ、オオオ……！」

砕けた氷が磁石のように集まって、再び腕の形に戻っていく。

「こいつも再生するか……！」

氷の巨人が、二人を叩き潰そうと暴れ回る。

ルナとティトは、襲い来る攻撃から身をかわしながらなんとか攻撃しようとするが、氷が硬く弾《はじ》かれる上に、斬ったとしてもすぐに再生してしまう。

「くっ、この硬度、【ミスリル・ボア】以上だぞ……！」

「それに、再生するごとに強くなっています！　もしかして、氷霊の呪いの力がある限り、無限に再生するんじゃ……!?」

「となると、氷霊を先に解決した方が良さそうだな！　巨人の隙を突いて、あの氷の壁を壊さなければ……！」

「で、でも、フローラさんを閉じ込めている壁も氷霊の呪いの力だとしたら、氷の巨人よりも頑丈かもしれません……！」

その時、ノエルの声が響いた。

「お待ちください！　この時のために、この子を持ってきました！」

ノエルが構えた長大な銃身を見て、レクシアが顔を輝かせる。

「魔銃……！　そっか、今こそ出番ねっ！」

「はい！　組み立てるのに少々時間が掛かってしまいましたが、全力で行きます！　ルナさん、ティトさん、下がってください！」

「ヴォオオオオオオ！」

魔銃から放たれる殺気に気付いた氷の巨人が、ノエルに突進した。

「危ない、ノエル――！」

ルナとティトが助けに入るよりも早く。

「巨人ごとまとめて吹き飛ばします！　発射《ファイア》！」

ドガアアアアアアアアアアッ！

銃口から灼熱《しゃくねつ》の光線が迸《ほとばし》り、巨人の胴体を貫通した。

「ヴオオオオオオ！」

氷の巨人が凄まじい衝撃にガラガラと頽《くずお》れる。

巨人を貫通した魔弾はさらにその背後にあった氷の壁に命中して爆《は》ぜ、分厚い氷がガシャアアアンッ！　と砕け散った。

「な――あの巨人を貫通したぞ⁉　なんてでたらめな威力なんだ……⁉」

「氷の壁まで突破しました……！　ノエルさん、すごい……！」

「物理・魔法耐性のある魔物を想定して設計しましたからね！　理論上は、魔法防護を施した城壁でも砕けるはずです！」

氷の壁が砕けた後、氷の玉座に囚《とら》われたフローラが呆然《ぼうぜん》と目を見開いていた。

ノエルが駆け寄ろうとする。

「姉さん！」

「あ、あ……」

しかしフローラは青ざめながら首を振った。

「だめ、ノエル……お願い、来ないで……！　来ないで……ッ！」

フローラの怯《おび》えに呼応するように、玉座から凄まじい吹雪が吹き付けた。

「きゃあっ⁉」

「くっ⁉　これはっ……なんて吹雪だ……⁉」

「ううっ……！　吹雪を防ぐ魔導具を付けてるのにっ……肺が、凍りそう……っ！」

魔導具の加護さえ凌《しの》ぐ氷雪に、ノエルが苦悶《くもん》の表情を浮かべた。

「っ、前より、呪いの力が強くなってる……⁉」

「レクシア、『光華《こうか》の息吹《いぶき》』をっ！」

「ええ……！」

ルナの叫びに、レクシアが頷《うなず》いた、その時。

パキパキパキッ……！

ルナとティトの頭上に、鋭い氷柱《つらら》が出現した。

レクシアが青ざめる。

「危ない！　避《よ》けて！」

「くっ、息が……！」

「ダメです、動けませんっ……！」

吹雪で身動きできないルナとティト目がけて、氷柱が降り注ぎ――

「私のルナとティトに、何するのよ――――っ！」

レクシアが叫んだ瞬間、その身体《からだ》から透明な波動が放たれた。

「こ、この力は……!?　ぐ、ッ、ぐぐ……ぐぁ、あッ……！」

「姉さん！」

波動がフローラを呑《の》み込んだ途端、フローラが身悶《みもだ》え、吹雪と氷柱が消え失《う》せる。

「これは、『光華の息吹』……！」

「いいぞレクシア、このまま氷霊を引き剝がすんだ！」

「ええ……！」

「ああ、あああああ……っ！」

冬の陽光にも似た透明な光に、フローラは悲鳴を上げて苦しみ――その様子が豹変《ひょうへん》した。

『こ、の、小娘がァァァアアアッ！』

フローラの口からひび割れた怒号が迸った。ノエルと同じアイスブルーの瞳が、凍れる湖のごとき暗い青に染まり、灰色だった髪が真っ白に変じる。

「っ、姉さん⁉　――いや違う、お前はまさか、氷霊……⁉」

『おのれ、おのれおのれ！　おかしな術を使いおって！　我にそのような薄弱な術が通じると思うてかァアアア！』

フローラを縛《いまし》めていた氷の鎖が砕け散り、フローラ――氷霊が立ち上がる。

その身体から凄《すさ》まじい吹雪が吹き出したかと思うと、レクシアの波動を散らした。

「あっ……！」

「そ、そんな……レクシアさんの『光華の息吹』が破られた……!?」

「いや違う、呪いの力で弾かれたんだ……！」

『この非力な人間風情《ふぜい》が！　我が力を以《もっ》て呪い殺してくれるわ！』

氷霊が手をかざすと氷雪が渦巻き、レクシアに襲い掛かった。

「きゃ!?」

レクシアはとっさに腕で防いだが、その腕が一瞬にして氷に覆われる。

「レクシア！」

「っ、大丈夫よ……！」

青ざめたレクシアを見下ろして、氷霊が勝ち誇った哄笑《こうしょう》を上げた。

『はは、ははははは！　その身に刻んだのは我が呪い！　何やら奇妙な力を持っているようだが、もう使えまい……！　その氷はじわじわと貴様の身を蝕《むしば》み、いずれ心の臓まで凍《い》て付かせる。恐怖に凍えながら死ぬがいい……！』

フローラの身を借りたその姿を、ノエルが睨《にら》み付ける。

「お前が姉さんを乗っ取り、ロメール帝国に呪いを振りまいている氷霊か……！」

『く、ふふ。そうとも、我は太古より生きる邪悪なる神秘。死と氷の支配者よ』

「今すぐに姉さんを返して、レクシアさんの呪いを解け！」

『ふふ、ふふふ……なるほどなぁ、貴様がこの女の妹か。残念だが、この女を返してやることはできん。この身体は実に居心地《いごこち》が良い。じきに完全体となり、永遠に我が物としてやろう』

「ッ……！」

「そんな、ことっ……絶対に、させないわ……！」

歯を食いしばるノエルに代わって、レクシアが声を上げる。

『ふん、威勢が良いことだな、非力で哀れな小娘が。少しは腹の足しになるかと思ったが、面倒だ。まとめて氷の彫刻にしてやろう』

氷霊は冷たいまなざしで見下ろすと、四人に手をかざし――

「あら、随分あっさり、私たちにとどめを刺すのね……！」

『……何？』

レクシアは這《は》い上がる冷気に震えながらも、不敵に笑った。

「あなたが掛けた、この氷の呪い……いずれ死に至るんでしょう？　それさえ待てないなんて、よっぽど、自分の力に自信がないのかしら……っ⁉　それとも、非力で哀れな小娘《私》のことが怖いの……⁉」

『……ほう。我が呪いに蝕まれながら、まだそのような口が叩《たた》けるか』

氷霊は冷たく目を細めると、口を歪《ゆが》めて舌なめずりした。

『くく、くくく……このままひと思いに殺してやっても良いが、気が変わった。その目に我が真の力と恐怖を刻み込んでやろう。本当の楽しみは最後まで取っておくものだからな』

氷霊の足元から、吹雪の渦が舞い上がる。

『我が完全体となるには、満月の光と共に、大量の贄《にえ》が必要だ。来《きた》る満月の夜、まずは忌《い》まわしい王家の血と、帝都の者どもを糧《かて》にしてやろう。その目で人の世の終焉《しゅうえん》を見届けよ。我が呪いの力がすべてを蹂躙《じゅうりん》する時を楽しみにしているがいい……それまで生きていられたらの話だがなァ！　はは、ははははは！』

パキッ、パキパキパキ……！

氷の壁が再生し、レクシアたちと氷霊の間を隔てる。

「っ！　待て！　発射《ファイア》！」

ノエルが魔弾を装填して放つが、今度は僅かに氷の壁の表面を穿《うが》っただけだった。

「そ、そんな、魔銃が弾かれた⁉　姉さんっ……！　姉さーん！」

氷の壁が曇り、フローラの姿と玉座が見えなくなっていく。

冷たい静寂に、ノエルの叫びが虚《むな》しくこだました。

やがて氷の壁が完全に曇ると同時に、レクシアがどさりと倒れた。

「くっ……ぁ……」

「れ、レクシアさん……！」

「レクシア、しっかりしろ！」

ノエルは我に返ると駆け寄って、泣きそうな顔でレクシアの手を握った。

「レクシアさん！　すみません、私がみなさんを巻き込まなければ、こんなことには……！」

「はぁ、はぁっ……違うわ、ノエルのせいじゃない……私たちが、氷霊と戦うって決めたんだもの……！　大丈夫よ、こんな呪いっ……気合いで、なんとかしてみせるわ……！」

縋《すが》りつくノエルに、レクシアは不敵に笑ってみせた。

しかし呪いの氷は、レクシアの心臓を目指して少しずつ根を伸ばしていく。

「くっ、無茶をするなと、いつも言っているだろう……！」

「でも、なんとか、切り抜けた、でしょ……っ？」

ルナはレクシアの腕を温めるように手をあてがっていたが、氷が全く融《と》ける気配がないのを見て眉をひそめた。

「この氷は温めるだけではダメだ……！　ティト、シュレイマン様から預かった古代書に、氷の呪いを解く方法はあるか」

「は、はい、今探してるんですがっ……！」

ティトは背負い袋から取り出した古代書を必死にめくっていたが、はっと身を乗り出した。

「ありました！　初期の呪いであれば、薬で進行を止めることができると書いてあります！　材料もここに……！」

ティトが、素材の名前と絵が描かれたページを示す。

それを覗《のぞ》き込んだノエルの表情が険しくなった。

「【火輪草】ですか」

「知ってるのか、ノエル？」

「ロメール帝国の中でも、北方のごく限られた辺境にしか自生しない、希少な薬草です。市場に出回ることはなく、滅多に手に入りません」

「そうか……ならばレクシアを帝都に送り届けて、すぐに出発しよう。【火輪草】の自生地をしらみつぶしに当たるしかない――」

「待ってください！　この薬草、どこかで……」

ティトは【火輪草】の絵を食い入るように見ていたが、はっと目を見開いた。

「そうだ……！　小さい頃に見たことがあります！　故郷の村の森に生えてました！」

「本当ですか、ティトさん！」

「はい！　私が行って取ってきます！」

「だが、大丈夫か、ティト？」

ルナが気遣わしそうに声を掛ける。

ティトは咄嗟《とっさ》に言葉に詰まった。ティトの脳裏に、奴隷のような扱いを受けた日々や、村人たちの怯《おび》えた顔が過《よ》ぎる。そして、魔物から守ろうとして傷付けてしまった、唯一の友人――エマという名の少女のこと――

「(本当は、少しこわい……でも私が行かないと、レクシアさんが……！)」

苦しげなレクシアを見て、震えそうな手をぎゅっと握る。

「(大丈夫、あの時の私とは違うから、大丈夫……！)」

ティトが大きく息を吸って、口を開きかけた時。

沈黙を破ったのは、レクシアの明るい声だった。

「それじゃあ、みんなで行きましょう……！」

「⁉　れ、レクシアさんっ……⁉」

「やれやれ、そう言うと思った。……私としては、安静にしていてほしいんだがな」

肩を竦《すく》めるルナに、レクシアは呪いに耐えつつも胸を張る。

「私の呪いを解くためなんだし、それに、ティトを一人で行かせるなんて、できないわ……！　大丈夫よティト、私たちがついてるわ……！」

苦痛を堪《こら》えて片目を瞑《つぶ》るレクシアに、ルナとノエルも頷《うなず》いた。

温かい笑顔に優しく背中を押されて、ティトの目に涙が滲《にじ》む。

「はい……っ！」

四人は岩窟を出ると、ティトの故郷を目指して再び犬橇《いぬぞり》を駆った。

＊＊＊

犬たちは荒れ狂う吹雪に逆らいながら、風のように雪原を駆ける。

「もうすぐで、私の故郷に着きます……！」

「レクシア、無理をするなよ」

「っ、大丈夫よ……！　呪いなんて、全然怖くないわ……！」

レクシアは明るく言うが、その肩は細かく震え、顔色は青ざめている。呪いは確実にレクシアの身を蝕みつつあった。

「早く、早く……急がなきゃ……！」

ティトは吹雪の先を見つめながら、緊張で高鳴る胸に手を当てた。

「（私、すごくどきどきしてる……獣人のみんなはどうしてるだろう……）」

ティトが村を出る前、村にはティトと同じように囚《とら》われている獣人たちがいた。

仕方のない状況だったとはいえ、彼らを村に残してきてしまったことは、ずっとティトの心に棘《とげ》のように刺さっていたのだ。

「（それに、エマ……）」

懐《なつ》かしい顔を思い浮かべて、痛む胸をぎゅっと押さえる。

村人に恐れられ、迫害されていたティトに唯一優しくしてくれた、友人の少女。

ティトは幼い日、魔物に襲われたエマを助けようとして、初めて覚醒した力の余波で、エマの頬に傷をつけてしまったのだ。

頭をぷるぷると振って、過去の幻影を振り払う。

「（ううん、今は一刻も早く【火輪草】を手に入れなくちゃ……！）」

やがて吹雪の向こうに、幾重にも連なった山と、うっそうと茂った森が見えてきた。

その森の入り口に、山に挟まれるように佇《たたず》む小さな集落がある。

「レクシアさん、もう少しです！」

「ええ……！」

橇を降り、レクシアを支えながら村に入る。

その時、ルナが鋭い声を上げた。

「待て、何かおかしい」

「え？」

風に乗って、村の奥から悲鳴と轟音《ごうおん》が届く。

「！　行きましょう！」

一行は悲鳴の元へと走り出した。

簡素な家々の間を駆け抜け、角を曲がった途端目に飛び込んできたのは、巨大な熊だった。

「グオオオオオオオオオオオッ！」

ティトは全身の毛が逆立つのを感じた。

「【ブリザード・ベアー】……！」

北方に生息する、灰色の熊の姿をした魔物だ。普段は森の奥で他の魔物を獲物にしているが、性格は極めて獰猛《どうもう》で残忍。並の冒険者では歯が立たず、運悪く遭遇して全滅したパーティーは数知れない。

「森の奥を根城にしているはずのブリザード・ベアーが、どうして……！」

「グオオオオッッ！」

バキバキバキィッ！

恐ろしい咆哮《ほうこう》が耳を劈《つんざ》き、丸太ほどもある腕が家畜小屋を破壊する。

「ひいいいっ！」

「早く逃げろ、逃げるんだっ！」

村人たちが悲鳴を上げながら逃げ惑う。

そんな中、三つ編みの少女が、散乱した瓦礫《がれき》に躓《つまず》いて転んだ。

「あっ！」

「グアアアアアアアアア！」

倒れ込んだ少女を叩《たた》き潰そうと、ブリザード・ベアーが腕を振り上げる。

「きゃあああああっ！」

「危ない！」

ティトは考えるよりも早く駆け出していた。

その爪が、光を纏《まと》って鋭くなる。

「はあああああっ……！」

「グオオオオオオ！」

ブリザード・ベアーが腕を振り下ろす寸前。

ティトは少女を背に庇《かば》ってその前に滑り込むと、爪を振り抜いた。

「【烈爪《れっそう》】ッ！」

「グガッ、アァアアア⁉」

真空の刃《やいば》が放たれ、ブリザード・ベアーの腕が飛ぶ。

悲鳴を上げてのたうつブリザード・ベアーを見て、村人たちが驚愕《きょうがく》した。

「なっ⁉　なんだあの女の子⁉」

「ブリザード・ベアーの攻撃を弾いた……⁉」

「あ、あ……」

「早くここから離れて！」

ティトが鋭く叫ぶと、村人たちが呆然《ぼうぜん》としている少女を連れて逃げ出した。

右腕を飛ばされた魔物は、怯《ひる》むどころかさらに狂暴さを増してティトに飛び掛かった。

「グオオオオオオオオッ！」

「あ、危ないっ！」

「フッ！」

村人が叫ぶよりも早く、ティトは思い切り跳躍していた。

「あ、あの子飛んだぞ⁉」

「高いっ……！」

ティトは魔物の遥《はる》か頭上で滞空しながら、爪に力を集める。

「（昔の私なら、力を制御できずに暴走してたかもしれない。でも、今の私は成長したんだ……！）」

サハル王国での経験が、ティトを強くしていた。

「グルオアアアアアアッ！」

「力比べなら負けません……！」

吠《ほ》え猛《たけ》る魔物を見据えて、叫ぶ。

「【雷轟爪《らいごうそう》】ッ！」

身を捻《ひね》りざま、爪に溜《た》めた力を真下へと叩き付ける。

ドオオオオオオオオオオオオオオオオッ！

眩《まばゆ》い光の柱がブリザード・ベアーを押し潰し、粉砕した。

「グォァァァァァァァッ！？」

ブリザード・ベアーが断末魔を上げ、光の粒子となって消えていく。

「グオァァアアアアアッ⁉」

「な、ぁっ……⁉」

「ふうっ……」

すとんっと着地するティトを見て、村人たちが唖然《あぜん》と立ち尽くす。

「つ、強い……ブリザード・ベアーを一瞬で……！　あの子は一体……⁉」

「ま、待て！　あの真っ白い毛並み……それに、魔物を圧倒するあの力は……まさか……」

ざわめきが広がる中で、柔らかな声がした。

「また助けてくれたんだね、ティト」

懐かしい声に、ティトは振り返った。

そこにいたのは、熊に襲われかけていた三つ編みの少女だった。

涙を浮かべたその顔を見て、ティトははっと目を見開く。

「エマ……」

ティトがそうとは気付かずに助けたその少女こそ、かつて迫害されていたティトに唯一優しくしてくれた友人――エマだったのだ。

「エマ、あ、あの、私っ……」

ティトが言葉を探すよりも早く、エマはティトに駆け寄って、思いきり抱きついた。

「はわっ⁉」

「おかえり、ティト！　ずっと会いたかった……！　会って、お礼を言いたかったの！　今も、あの時も……助けてくれてありがとう……！」

驚くティトを、エマはますます強く抱擁した。

「あの時はごめんね……！　私、魔物に襲われて、びっくりして怖くて、何も言えなくて……ティトは私を守ってくれたのに……！」

「エマ……」

すると、次第に村人たちも近寄ってきた。

「ティト……本当に、ティトなんだね……？　ごめんな、俺たちが間違っていたよ……！」

「本当に申し訳ないことをしたと思ってる……」

「許してくれなんてとても言えないけど、ごめんよ……」

ティトの見知った人々がやって来ては、心から申し訳なさそうに頭を下げる。

「ティトが出て行った後、エマが俺たちの誤解を解いてくれたんだ」

「えっ」

村人たちは過去を悔いるように目を伏せた。

「あの後、エマは『ティトは自分を守ってくれたんだ、獣人だからって迫害するのは間違ってる』って、俺たちを何度も何度も、根気強く説得して……それで、俺たちもようやく気付いたんだ。俺たちがしてきたことは間違いだったんだって。本当に、本当に悪かった」

「！　じゃあ、他の獣人のみんなも……」

ティトが口を開きかけた時、村の奥から、様々な動物の耳を生やした人々が駆けてきた。

「おーい、ティト！」

「みんな！」

ティトは懐《なつ》かしい獣人たちと手を取り合った。

「ティト、大きくなったなぁ！」

「はいっ！　みんな、元気そうでよかった……！」

「ティトが勇気を出して、エマを魔物から守ったからだ。おかげで獣人への差別はなくなって、今は村の全員で協力し合いながら、幸せに暮らしてるよ」

ティトが驚いてエマを見ると、エマは涙を拭いながら笑った。

「いつかティトが戻ってきたら、ちゃんと伝えようって決めてたの。昔も今も、ティトは私の大切な友だちよ。私を、私たちを助けてくれて、本当にありがとう」

そう言って微笑《ほほえ》むエマの頬は白く滑らかで、あの日の傷跡は残っていなかった。

「エマ……ありがとう……！」

笑顔を交わし、互いのぬくもりを確かめるように抱き合う。

それを見ていたレクシアたちは、安堵《あんど》の笑みを浮かべた。

「誤解が解けて良かったわね」

「ええ。ティトさんが幸せそうで何よりです」

「ティトの師匠——グロリア様にも、良《い》い報告ができるな」

雪国の小さな村に、温かい笑顔の花が咲く。

悲しい記憶を抱いて北の国を後にした獣人の少女は、長い時と成長の旅を経て、本当の帰郷を果たしたのだった。

＊＊＊

村人たちに、呪いを解く薬が必要なことを説明すると、すぐに協力してくれた。

材料を集めて、エマの家に運び込む。

「レクシア、もうすぐだからな」

「ええ……」

寝台に横になったレクシアは、無理をした反動が来たのか、荒い息を紡《つむ》いでいる。

凍った腕をお湯を絞ったタオルで温めながら、ノエルが窓の外に目を向ける。

「あと薬に必要な材料は、【火輪草】だけですね」

「ああ。ティトとエマが、森に探しに行ったが……」

すると、薬草を手にしたティトが、エマと一緒に駆け込んできた。

「ありました！　これが【火輪草】です！」

「お手柄だ、ティト」

ルナが頭を撫《な》でると、ティトは嬉《うれ》しそうにしっぽを揺らした。

「あとは古代書の手順に沿って調合するだけです！」

「よし、厨房《ちゅうぼう》を借りよう」

「調合ならお任せください」

厨房を借りて、小鍋で材料を煮込み始める。

「ええと、まずはお湯を沸かして、すり潰した【火輪草】を入れて……」

ティトが古代書を解読して手順を説明し、ルナとノエルがその通りに調合していく。

そして、緑のおどろおどろしい液体が完成した。

「……随分と禍々《まがまが》しい見た目になりましたね」

「……これは、患部に塗って使うのか？」

「い、いいえ、飲むらしいですが……」

ティトは何度も古代書を読み返すが、やはり内服薬のようであった。

「……よし」

ルナは緑のどろりとした液体を器に入れると、レクシアの元に行って差し出した。

「レクシア、飲め」

「いや」

レクシアは断固拒否の構えであった。

「わがままを言うな」

「だって怪しいもの！　なんで緑なの⁉　そんなもの飲んで、全身が緑になったらどうするのよ⁉」

「呪いを解くためだ、我慢しろ。それに、お前の料理よりマシだろう」

「そんなわけないでしょ⁉」

「が、がんばってください、レクシアさん……！」

「ほら、ティトとノエルが一生懸命作ってくれたんだぞ」

「う、うう……！　でも……でも……！」

緑の液体を前に葛藤するレクシアに、ノエルが眼鏡をきらりと光らせた。

「この薬、一説によると美容効果もあるらしいです」

「えっ、ほんと⁉　ルナ、樽《たる》いっぱい用意してちょうだい！　つやつやたまご肌になって、ユウヤ様に褒めてもらうんだから！」

「貴重な薬だぞ、そんなにあるわけないだろう」

とはいえさすがに勇気がいるのか、レクシアは目を閉じると、緑のどろりとした液体をえいやっと勢いよく飲み干した。

「うっ、けほっ、けほ……うう、苦い……」

涙目になるレクシア。

すると、その腕を覆っていた氷がみるみる内に蒸発した。

「！　呪いの氷が融《と》けました、成功です！」

「わあ、良かったです……！」

「うう、まだ口の中が苦いわ……ハッ！　ねえルナ、私、つやつやたまご肌になった⁉」

「ああ、なったなった」

「なんか適当じゃない⁉」

「別に薬に頼らなくても、元々きれいだろう」

「違うの、私はユウヤ様のために、もっともっときれいになりたいのー！」

きゃんきゃん騒ぐレクシアに聞こえないよう、ティトはノエルに小声で囁《ささや》いた。

「えっと……古代書には、美容効果があるとは書いてないですけど……」

するとノエルは何食わぬ顔で眼鏡を押し上げた。

「まあ、あれですね。世の中には、気持ちの問題というものがあるのでしょう？　相手を想《おも》う気持ちがみかんをおいしくするように、きれいになりたいという気持ちが、なんやかんやで、うまいこと効いたりするのです」

「！　ふふ、そうかもしれませんね」

いたずらっぽく目を細めるノエルに、ティトもつられて笑う。

するとすっかり元気になったレクシアが駆け寄ってきて、ティトに抱きついた。

「ティト、ありがとう！」

「ふああ⁉　レクシアさんっ⁉」

「ティトが古代書を解読して【火輪草】を見つけてくれたから、呪いを解くことができたわ！　やっぱりティトはすごいわ、私たちの自慢の仲間よ！」

「そ、そんな、お礼を言うのは私の方ですっ。レクシアさんたちのおかげで、村に戻る勇気が出て、またエマと会うことができました。本当にありがとうございます！」

ティトは頭を撫でられながら、嬉しそうに破顔したのだった。

＊＊＊

レクシアが呪いから解放され、ようやく一息ついた一行は、村人が貸してくれた空き家に泊まった。

そして翌朝。

一行は火に当たりながら、氷霊について話し合っていた。

レクシアが窓から雲に覆われた空を仰ぐ。

「残された時間は、あと四日……満月が中天を過ぎるまでに氷霊を倒さないと、フローラさんは完全に氷霊に乗っ取られてしまうわ」

「そうなれば、ロメール帝国は永遠に死と氷に閉ざされることでしょう」

ノエルが俯《うつむ》き、ルナが薪《まき》をくべながら呟《つぶや》く。

「だが、氷霊の力は予想以上に強大だ。このまま勝負を挑んでも勝てないだろう。それに、フローラを幽閉しているあの氷の壁……一度はノエルの魔銃で破壊できたが、二度目は弾《はじ》かれた。氷霊が力を蓄えるに従って、壁もどんどん強固になっているに違いない」

「はい。魔銃で通用しないのであれば、現在のところ、あの壁を壊す手立てがありません。仮に壊せたとしても、それだけで戦力を消耗してしまう。やはり満月の夜──四日後に、氷霊が出てきたところを倒すのが最善策でしょう」

「はい。古代書にも、『氷霊は満月と共に姿を現す』って書いてありますから……」

「おそらく満月の光の力で、完全体になるのだろうな」

「つまり、四日後の満月が昇り始めてから中天にかかるまでに、決着をつけなければならないっていうことね」

山積みになった問題を前に、レクシアはため息を吐《つ》いた。

「はあ、そうは言っても、どうしたらいいのかしら。氷霊を引き剣がそうにも、『光華《こうか》の息吹《いぶき》』は弾かれちゃったし……」

「問題はまだあるぞ、氷の軍勢にどう対抗するかだ。あれは普通の魔物とは違う。攻撃が通りづらく、何より再生する毎《ごと》に強化される。何か対策を考えなくては……」

「ですが、猶予は四日……対策を講じるにはあまりに短すぎます」

窓に打ち付ける吹雪が、絶望をより深めていく。

「もう、あまりにも時間がなさすぎるわよ！　四日で何ができるっていうの⁉」

レクシアが頭を抱えた時、ノックの音が重たい雰囲気を破った。

「は、はいっ、どうぞ！」

ティトが返事をすると扉が開いて、笑顔のエマが現れた。

「おはようございます。すみません、お話し中のところ……もしよろしければ、うちにいらしてください。村の人たちが、みなさんの歓迎会をするんだって張り切っていて……この地方の特産品をふんだんに使った郷土料理を作ってますので、ぜひ」

途端にレクシアがぱっと顔を輝かせて立ち上がった。

「歓迎会ですって！　行くわよ、みんなっ！」

「暢気《のんき》にごちそうになっている場合か⁉」

「さっき時間がないって話をしたばっかりなのに⁉」

ルナがツッコみ、ティトが驚く。

しかしレクシアは意に介さず、片目を瞑《つぶ》った。

「だって、せっかく作ってくれたんですもの。断っちゃ悪いわ。それに、決戦の前に精を付けなきゃでしょ？　腹が減ってはなんとやらよ！　元気がないと、出てくるはずのアイデアだって出てこないわ！」

「そんなことを言って、単に郷土料理を食べたいだけだろう」

「そうよ、悪い？」

「最近言い訳が雑になってきてないか⁉」

「あ、あはは、まあまあ、お二人とも……」

いつものようにルナとレクシアが言い合い、ティトが間に入ろうとしたその時。

きゅるるるるる～

「…………」

鳴り響いた音に振り返ると、ノエルが恥ずかしそうに手を挙げていた。

「すみません、燃費が悪くて」

＊＊＊

エマの家に入ると、たくさんの村人たちが忙しそうに歓迎会の準備をしていた。

「あら、おはよう、お嬢ちゃんたち！」

「おお、金髪のお嬢さんも元気になったようじゃのう、良かった良かった」

「ええ、ありがとうございます！」

エマが四人にこたつをすすめる。

「お料理ができるまで、そちらでお待ちください」

「あっ！　また会えたわね、『ほっこりみかんくん六号』！」

「『あったかテーブルくん三号』だ」

レクシアがこたつに頬ずりするのを見ながら、ノエルが興味深そうに眼鏡を押し上げる。

「ほう、『あったかテーブルくん三号』、この村にも普及していましたか」

「ああ、この机のことかい？　すごく快適な魔導具でなぁ。これが村に来てから、随分過ごしやすくなったよ」

「魔導開発院初代筆頭って御方《おかた》が発明したらしいけど、こんな便利な魔導具を作ってくださるなんて、ありがたいことだねぇ」

「そのようにおっしゃっていただけて光栄です」

「え？」

ノエルの返事に、村人たちがきょとんとする。

するとレクシアがノエルの肩に手を添えて、誇らしげに胸を張った。

「この子がその魔導開発院初代筆頭なのよ！」

「お初にお目に掛かります、ノエル・フリージアです」

「え、ええええええええええええ⁉」

小さな家に、絶叫の合唱が響き渡った。

「の、ノエル様って、ロメール帝国始まって以来の天才と名高い、あのノエル様ですか⁉」

「トンデモ魔導具を作り出しては帝都で爆発事故を引き起こしているという、奇天烈《きてれつ》発明家と噂《うわさ》の⁉」

「国内でもそういう扱いだったのか……」

ルナがノエルの横顔を見つつ呟く。

村人たちはぶんぶんと首を横に振った。

「も、もちろんそれだけではありません！　ノエル様は、帝国の人々が少しでも便利に暮らせるよう、日夜魔導具の開発に心血を注いでくださっていると伺っております！」

「ノエル様の魔導具のおかげで、幾度となく危険な魔物を退けた村もあるとか……！　この集落でも少しずつ魔導具が導入されて、随分暮らしやすくなりました！」

「ああ、まさかノエル様とは知らず、ご無礼を……！」

　村人たちが改まろうとするのを、ノエルは制した。

「すべての人が便利に豊かに暮らせるようにすることが、私の使命。魔導具をこのように活用してくださっていること、大変嬉《うれ》しく思います。どうぞそのように改まらず接していただければ」

　そう言うノエルの目元には、心から嬉しそうな微笑《ほほえ》みがたゆたっていた。

　村人たちは恐縮しつつ、首を傾《かし》げる。

「し、しかし、そちらの金髪のお嬢さんは、氷霊の呪いを受けたと聞きました。一体どういったご事情で……？」

　レクシアたちが氷霊を倒すことを説明すると、村人たちは大いに驚いた。

「そんな、危ないよ。氷霊はとても強大だと聞くし……」

「いや、だが、ティトならできるかもしれないな……」

村人たちは心配しつつも、先程ティトが魔物を圧倒した光景を思い出し、わずかに希望を持ち始めていた。

ティトは誇らしげに笑う。

「私だけじゃないです。みなさん、とっても強くて頼りになるんです。だからきっと大丈夫です！」

「そうよ。なんたって、サハル王国で、伝説のキメラを四体倒したんだから！」

「なんだって⁉」

「お嬢ちゃんたちが⁉　そんなまさか……！」

胸を張るレクシアに、村人たちが仰天する。

「あら、本当よ。その証拠に――」

レクシアが背負い袋をごそごそと探り始めた時、肉料理を運んできた女性が「あら」と呟いた。

「いけない、お肉を切り分けなきゃならないのに、ナイフを忘れてきちゃったわ。台所に取りに戻らないと……」

「あっ、大丈夫よ。ナイフなら丁度ここにあるわ！」

レクシアは颯爽《さっそう》と取り出した短剣で、肉を切り分け始める。

その短剣を見て、村人たちがぎょっと目を剝《む》いた。

「お、おおおお嬢ちゃん⁉ そのナイフ、随分豪華だね⁉」

「こ、こんな綺麗《きれい》な短剣、初めて見たよ……！」

「というか、宝石がついてないか⁉ 下手をすると国宝級なんじゃ……⁉」

「れ、レクシアさん、その短剣は、まさか……！」

レクシアは、眩《まばゆ》い宝飾に彩《いろど》られた短剣を掲げて胸を張った。

「そうそう、綺麗でしょ？ サハル王国を救ったお礼にって、ブラハ国王からいただいた宝剣よ！」

「「「宝剣んんんんんん⁉」」」

村人たちが腰を抜かし、ルナがわなわなと震える。

「レクシア――――――――ッ！ おま、おまっ、お前……！」

「なによ。っていうか、この宝剣、すっごくよく切れて便利ね！」

「便利ねじゃない！ 伝説級の宝剣をそんなことに使うな！ というか、あれ以来見ないと思ったら、今までどこに隠し持ってたんだ⁉」

「え？ お菓子と一緒に、背負い袋に放り込んでたわよ？」

「宝剣を雑に扱うな！」

「あっ、お鍋をかき混ぜるのにも良《い》いわね！　さすが宝剣だわ！」

「あわわわ、ほ、宝剣が……！　スープまみれに……！」

「恐るべし、アルセリア王家……何もかもが規格外すぎますね……！」

豪華すぎる宝剣でスープを混ぜているレクシアを見て、村人たちは度肝を抜かれている。

「す、すごい……本物の宝剣なんて初めて見たぞ……」

「ってことは、本当にこの子たちがキメラを倒して、サハル王国を救ったのか……」

村人たちはしばし信じがたいように顔を見合わせていたが、やがて頬を緩めた。

「……お嬢ちゃんたちなら、本当に氷霊を倒して、この吹雪を晴らしてくれるかもしれないね」

「なんだか少し、希望が持てたよ」

そして、こたつについた一行の元に、温かい料理が次々に運ばれてきた。

テーブルから溢《あふ》れんばかりに並んだ料理を見て、ティトが目を丸くする。

「す、すごい……！　ごちそうです……！」

「どうぞ、召し上がってください」

にこにことすすめるエマに、レクシアは目を輝かせた。

「ありがとう、とってもおいしそうだわ！　……でも、呪いの吹雪で大変なのに、こんなにいいのかしら？」

ロメール帝国に入ってからは簡素な食事ばかりで、これほど豪華な食事は初めてだった。

すると村人たちは柔らかく笑った。

「ここは特に雪深い地域なので、もともと保存食をたっぷり蓄えているんです。それに、寒さに強い家畜や作物もありますし」

「何より獣人たちは嗅覚や聴覚が優れているから、おかげでこの雪でも、森や山で食料を見つけられるんだ」

獣人たちが誇らしげに笑い、エマも微笑んだ。

「それに、みなさんがこの吹雪を晴らしてくれると信じていますから」

レクシアたちは顔を見合わせて笑った。

「それじゃあ、お言葉に甘えて、いただきますっ！」

スープを一口食べて、レクシアが目を輝かせる。

「んーっ！　おいっしいー！」

「わあ！　この味、懐《なつ》かしいです！」

「ん、身体《からだ》が芯から温まるな……こっちの地方は、煮込み料理が主流なんだな。干し野菜のうまみがよく出ている。今度作ってみよう」

心のこもった料理に思わずはしゃぎながら食べる。

「どれもすっごくおいしいわ！　ねえティト、これは何？　どうやって食べるの？」

「お豆のペーストですね！　パンや野菜に付けて食べるとおいしいですよ！」

「そうなのね！　こうして……はむっ。んーっ！　滑らかでこくがあるわ！　いくらでも食べられちゃう！」

ロメール帝国在住のノエルも、料理をぱくぱくと口に運んでいた。

「本当においしいです。同じロメール帝国内でも、地域ごとに味付けや材料に特色があるのですね」

北国の料理に舌鼓《したつづみ》を打ちながら、賑《にぎ》やかに食卓を囲む。

食後のお茶を飲んで、レクシアが息を吐いた。

「はぁ、すっごくおいしかったわ。おなかがいっぱいで幸せ～」

「身体がぽかぽかしますねっ」

ノエルは背負い袋から魔導具を取り出して、エマに差し出した。

「本当にごちそうさまでした。お礼と言ってはなんですが、この魔導具をどうぞ」

「これは？」

「『あつあつ空気でるでるくん五号』です。ここを押すと暖かい風が出ます。髪を乾かしたりするのに便利です」

「すごい！　とっても助かりま――」

「ただし試作品なので暴走することがあります。一歩間違うと家ごと吹き飛ぶので気を付けてください」

「……あ、ありがとうございます……」

「諸刃《もろは》の剣《つるぎ》が過ぎるわね」

「そんな物騒なものを渡すな」

　何とも言えない顔をしているエマの心境を、レクシアとルナが代弁する。

「まあ、長時間稼働《かどう》し続ける等、無茶な使い方をしない限りは大丈夫ですので、ご安心ください」

「あ、よ、良かった……」

　ノエルの補足に、エマがほっと胸を撫《な》で下ろす。

「他にもいろいろな魔導具があります。例えばこちらはゴミやホコリを吸い込む魔導具で、『すぽすぽ吸い込むくん三号』といいます。こちらは水を張った桶《おけ》に入れれば渦を作って、自動で服を洗濯してくれる『ぐるぐるざぶざぶちゃん六号』。一方、この『身体らくらくかるーいくん五号』は、装着した部分を揉《も》んで疲れを癒やしてくれる機能があり――」

「へえ、すごいもんだねぇ。どうしたらこんなもの考えつくんだろう」

「さすがは魔導開発院初代筆頭様だなぁ」

背負い袋から次々に出てくる魔導具に、村人たちが目を丸くする。

レクシアもわくわくしながら覗《のぞ》き込んだ。

「本当に面白いわね！　初めて見るものばかりだけど、ユウヤ様なら見たことがあるかしら？」

「ほう。噂《うわさ》のユウヤさんという方は、魔導具に造詣《ぞうけい》が深いのですか？」

「そういうわけではないが、いろいろと不思議な道具を持っているんだ」

「それはぜひ詳しくお話を伺いたいですね」

子どもたちは、魔導具を持って楽しそうにはしゃいでいる。

「それそれ、吸い込むぞー！」

「あははは っ！　くられ、熱風こうげきーっ！」

「わああ、あったけー！　すげーっ！」

ノエルはその様子を見て目を細めると、残りの魔導具を差し出した。

「試作品でよろしければ、差し上げます。どうぞお役立てください」

すると村人たちは嬉しそうに笑った。

「ありがたい。これがあれば、随分便利になりそうだ。みんな喜ぶよ」

「それに、久しぶりに子どもたちが笑っているところを見たわ。ここのところ、この吹雪といい、魔物といい、不安なことばかり続いていたから……」

ティトが窓の外に目を遣《や》った。

「そういえば、ブリザード・ベアーは森の奥地に生息する魔物なのに、村を襲うなんて……私が村にいたころは、そんなことなかったのに」

すると村人たちが暗い顔で肩を落とした。

「それが、ここのところ魔物が酷《ひど》く狂暴になってのう……どうやらこの呪いの込められた吹雪が、魔物たちに力を与えているらしいのじゃ」

「魔物の数も急激に増えて、噂によると、大きな群れを作っているって聞くわ……」

「狂暴化した魔物がいつ村を襲いにくるか分からないって、みんな怯《おび》えているんだ。でも、この吹雪で逃げることもできないし……」

「今も裏の森で、目や鼻のいい獣人が、率先して見張りに立ってくれてるんだよ。まあ、いざ魔物が襲ってきても戦いようがないし、ほんの気休めだけどね」

怯える村人たちを見て、ルナは眉をひそめた。

「この吹雪は、魔物を増強させる力まで持っているのか」

「たちの悪い呪いね。やっぱり、何としてでも氷霊を倒さなきゃ」

レクシアが憤然と頰を膨らませる。

その時、森の方角から恐ろしい咆哮《ほうこう》が轟《とどろ》いた。


「グルオオオアアアアアアアッ！」


「なんだ、この声は……!?」

「なっ……!?」

村人たちが腰を浮かせる。

扉が開き、獣人が駆け込んできた。

「た、大変だ！　魔物が──魔物の群れが向かってくる！」

「なんだって!?」

驚きと焦《あせ》り、嘆きが入り混じったざわめきが巻き起こる。

「ま、まさか本当に来るなんて……！　それも群れなんて、どうすればいいんだ……!?」

「俺たちじゃ対処できない、すぐに軍隊を呼ぼう！」

「だめだ、間に合わない！　それにこの吹雪では、助けを呼びに行くのも難しいぞ

「……！」

恐慌《きょうこう》状態に陥ったその場に、凛《りん》とした声が差し挟まれた。

「大丈夫よ。私たちがいるわ！」

レクシアが眩《まばゆ》い金髪を払って立ち上がる。

「そうです！　絶対にこの村を襲わせたりしません！」

ティトも続くが、見張りに立っていた獣人は絶望を浮かべて首を横に振った。

「だ、だが、あんな群れは見たことがない！　まして、君たちのような若い娘さんたちが

……！」

「任せて。私の仲間は、可愛《かわい》くて最強なんだから！」

振り返ると、すでにルナたちは準備を調えていた。

視線を交わして頷《うなず》き合うと、レクシアは高らかに叫んだ。

「行くわよ、みんな！」

第五章　修行と温泉

「あ、あ……」

レクシアたちが森の入り口に駆けつけると、見張りの獣人たちが呆然《ぼうぜん》と立ち尽くしていた。

「早く逃げて！　魔物の群れは、私たちがここで食い止めるわ！」

「む、無理だ……あんなもの……」

「木の上から見たが、まるで地獄のようだった……逃げられるわけがない、まして食い止めるなんて……」

魔物の群れを目撃したらしい獣人たちは、一様に青ざめ、戦意を失っている。

「魔物は私たちが対処する、とにかくここを離れるんだ――」

ルナの言葉半ばに、ティトがぴくりと耳を動かした。

「来ます……！」

森の奥から、地鳴りと共に恐ろしい咆哮が轟いた。

雪煙を上げながら、黒い波が押し寄せる。

「グルアアアアアアア！」

「な……⁉」

それは様々な魔物が入り乱れた巨大な群れだった。

レクシアたちを追って駆けつけた村人たちが後退《あとずさ》る。

「あ、あれは、【フロスト・ディアー】に【アイス・テイル】⁉」

「それだけじゃない、【ヘイル・パンサー】もいるぞ⁉　どういうことだ⁉」

村を目指して進撃するのは、あらゆる魔物で混成された恐ろしい大群だった。

異常な光景を前に、ノエルが喉を引き攣《つ》らせる。

「まさか、大氾濫《スタンピード》……⁉」

通常、魔物が種の異なるもの同士で群れを作ることはない。

しかし、何かのきっかけで興奮状態に陥った魔物が、種を問わず群れを成して村や町を襲うことがあり、その恐ろしい現象を大氾濫《スタンピード》といった。

大氾濫《スタンピード》が駆け抜けた後、何もかもが跡形もなく踏みしだかれ、食い荒らされるという。

「この呪いの吹雪の影響は、こんな大氾濫《スタンピード》まで引き起こさせるのか……！」

ルナの呻《うめ》きは、禍々《まがまが》しい雄叫《おたけ》びに掻《か》き消された。

「グルアアアアアッ！」

雲霞《うんか》のごとき魔物の群れが、獲物を求めて吠《ほ》え猛《たけ》る。

「あ、ああ……もうだめだ……」

「あんな群れ、敵《かな》うわけがない……みんな喰《く》われちまう……」

「あ、あ……そんな……」

絶望する村人の中で、エマはふらりとよろめき――ティトがその身体《からだ》を支えた。

金色の瞳で、エマの目をまっすぐに見つめる。

「大丈夫だよ、エマ。私が必ずこの村を――みんなを守るから」

「ティト……」

レクシアとノエル、ルナも頷いた。

「そうよ、諦めるのは早いわ！　なんたって私たちがいるんだから！」

「新作魔導具の出番ですね」

「私たちがいる限り、村には一匹たりとて通さないと約束しよう」

ティトはまっすぐに魔物の群れを睨《にら》み据えて、爪を構えた。

「この村の人たちは、一人も傷付けさせません！」

荒れ狂う吹雪の中、一行は恐るべき魔物の群れを迎え撃った。

＊＊＊

「キキ、キキキキッ！」

ティトが睨みつける先、何十匹という小動物が雪を蹴散らして突進してくる。

村人たちが悲鳴を上げた。

「【アイス・テイル】だ……！」

大きなしっぽを持つ、小型の狐《きつね》のような魔物だ。

可愛い見た目に似合わぬ狡猾《こうかつ》さを持ち、さらに厄介なのはその俊敏さだった。小さな身体を活《い》かしてあらゆる攻撃や罠《わな》を掻い潜《くぐ》り、村や町に侵入しては何もかもを食い荒らす。

「手練《てだ》れの冒険者でも仕留め損なって返り討ちにされる魔物だぞ……！」

「ティト、逃げて！」

エマの叫びに、けれどティトは爪を構えて吼《ほ》えた。

「ここはネズミ一匹通しません！」

「キキキキーッ！」

アイス・テイルの群れがひとかたまりになってティトへ飛び掛かり――

「キキッ、キキキキ……！」

かと思うと、ティトをあざ笑うようにぱっと散開した。

森の木々の間を縫うようにして、散り散りに村を目指す。

「なっ⁉」

「ああ、もうだめだ……！　人も家畜も、全部食い荒らされちまう……！」

村人たちの声が絶望に染まる。

しかし。

「そう来ると思ってました！　【爪閃《そうせん》】ッ！」

ティトは一瞬にして身を翻《ひるがえ》すと、森をジグザグに駆け抜けた。

白い閃光が、星座のような軌道を描き――

「キキ――ッ！」

ティトが駆け抜けた軌道上に断末魔が弾《はじ》け、アイス・テイルが一匹残らず撃破された。

「な……」

「あ、あんな素早い魔物を……それもあの数を、一瞬で殲滅《せんめつ》した……!?」

ティトは振り返ってアイス・テイルが全滅したことを確かめると、ふうと白い息を吐いた。

「す、すごいよ、ティト！　あんな素早い魔物を、全部やっつけちゃうなんて――」

エマがティトに駆け寄ろうとした、その時。

「ガアアアアアアッ！」

狼《おおかみ》に似た巨大な魔物が木の陰から飛び出して、エマに襲いかかった。

ティトは目を見開いた。

「【シルバー・ウルフ】……！」

それは、かつて幼いエマを襲い、ティトが村を追われる原因となった魔物だった。

「ガアアアアアアア！」

「きゃあああああっ！」

シルバー・ウルフが真っ赤な口蓋を開いて、エマに迫る。

その牙が届くよりも早く。

「大丈夫、あの頃の私とは違う――今度こそ、ちゃんと守る！」

ティトは強く踏み込んで閃光と化した。

　ティトと狼が交錯し――

「【奏爪《そうそう》】」


　ティトの爪による一撃が、巨大な狼の首を落としていた。

　巨大な魔物が、断末魔さえ残せず消えて行く。

　ティトはエマを振り返って、にこりと笑った。

「怪我《けが》はない？　エマ」

「あ……ありがとう、ティト……！」

　ティトは、泣きながら飛びついてきたエマを抱き留めたのだった。

＊＊＊

「やれやれ、せっかく料理で温まったのに、すっかり冷えてしまったな。……だがまあ、食後の運動には丁度良《い》いか」

　村人たちを背に庇《かば》ったルナに向かって、ユキヒョウに似た魔物が牙を剝《む》き出す。

「グルルルル……ッ！」

「ひぃぃっ、【ヘイル・パンサー】だ……！」

「たった一頭で、辺境の町を壊滅させた化け物だ……！　それが三頭も……！」

「だ、だめだお嬢ちゃん、逃げるんだ！　死んじまう！　手練れの兵士が束になっても敵わないんだよ!?」

村人たちが口々に叫び、子どもや女性たちが震えながら抱き合う。

「ひぃっ……！」

「こわいよう、おねえちゃん……！」

「大丈夫、大丈夫よ……！」

ヘイル・パンサーたちはそれを嘲笑《あざわら》うように、ルナに躍り掛かった。

「グルルアアアアア！」

「ああっ！」

「きゃあああああっ！」

森に悲痛な悲鳴が渦巻く。

しかし。

「『桎梏《しっこく》』」

ルナが手を突き出すと、三頭の魔物が跳躍した状態のまま、ぴたりと止まった。

「グル、ア、ア……!?」

「えっ……!?　ヘイル・パンサーの動きが止まった？　ど、どうして……」

「み、見ろ！　あれは……糸か!?」

魔物に細い糸が絡《から》みついているのを見て、村人たちが驚愕《きょうがく》する。

ルナは唸《うな》る魔物を見ながら低く身構えた。

「悪いが、ここを通すわけにはいかなくてな」

「グゥウウゥッ、グルルルアアアアア！」

ヘイル・パンサーはなんとか糸から逃れようともがくが、ルナは宙を摑《つか》むように手を握る。

「痛みは与えん。せめて安らかに眠ってくれ」

するとヘイル・パンサーを捕らえていた糸が食い込み、一瞬にして胴体をねじ切った。

「グア、ア……ッ!?」

光の粒子と化して消えて行く魔物を見て、村人たちは信じられないように呆《ほう》けている。

「う、うそ……ヘイル・パンサーを、こんな簡単に……!?」

「つ、強すぎる……！　それに、あの糸は一体……!?」

興奮する村人に、ルナは唇の前に指を立ててみせた。

「しっ」

「え……？」

村人たちが不思議そうにする中、ルナは静かに意識を研ぎ澄ませ——

「そこ、だな」

一瞥《いちべつ》さえせず、上空へ糸を放った。

「グギャア!?」

糸に貫かれて、半透明の蛇の姿をした魔物が数匹、地面に落ちる。

「きゃ……!?」

「あ、【アイス・スネーク】……!?　いつの間にこんな近くまで……！」

「木の上から、お前たちを狙っていたようだ」

「す、すごい……！　アイス・スネークは気配を殺すのが上手《うま》くて、熟練の冒険者ですら気付けないのに……！」

糸を一瞬にして手元に戻して、ルナは軽く息を吐いた。

「ふう。腹ごなしにもならなかったな」

ルナのあまりに鮮やかで軽やかな攻撃に、村人たちが魅入られたようにぽーっとなる。

「あ、あの、ありがとうございます……！」

「ルナおねえちゃん、かっこいいっ……」

「一生ついていきます……！」

「……うん？」

頬を染めた女性や目をきらきらさせた子どもたちに迫られて、ルナはひたすらに戸惑うのだった。

＊＊＊

「クオオオオ！」

「む、大型の体軀《たいく》に、透き通る角……初めて見る魔物ですね。どんな素材をドロップするのでしょうか、興味深い」

一方ノエルは、氷の角を持つ鹿の群れと対峙《たいじ》していた。

村人が後退《あとずさ》る。

「ひっ！　【フロスト・ディアー】⁉」

「こいつの餌食《えじき》になった冒険者は数知れないぞ……！」

「早く逃げなきゃ、氷漬けにされちゃうよ……！」

「クオオオオ！」

フロスト・ディアーが角を振り立てると、角の間から冷気の奔流が吹き出した。

「おっと⁉」

ノエルが咄嗟《とっさ》に避けた後、冷気を浴びた木々が凍り付く。

「なるほど、氷魔法を使う種のようですね。ならばうってつけの魔導具があります、試し撃ちといきましょう！」

「クオオオオオッ！」

魔法を避けられて闘争心に火がついたのか、フロスト・ディアーたちが一斉にノエルに殺到した。

ノエルは木々を上手く使って冷気の攻撃から逃れながら、巨大な筒を取り出す。

「さあ、あなた方の魔法と私の『辺り一帯焼き払うちゃん一号』、どちらが勝つか──真っ向勝負と行きましょう！」

ノエルは筒――砲身を抱えて振り返ると、先頭の鹿に向かって狙いを定めた。

「クオオオオオ！」

フロスト・ディアーの群れが突進し、冷気をはらんだ突風がノエルに迫る。

「ノエル様、危ない！」

「逃げてください！」

しかしノエルは微動だにせず砲身を構えると、引き金を引いた。

「発射《ファイア》！」


ゴオオオオオオオオオオオッ！

「クァアアアアアッ!?」

筒から激しい焔《ほのお》が噴き出して、氷魔法を掻《か》き消す。

さらに先頭にいた五頭が、渦巻く炎に呑《の》まれて消え去った。

「ク、クオオオッ!?」

「な、なんだ、あの道具は!?」

「とんでもない魔術師よりすごいぞ⁉」

しかしノエルは首を傾《かし》げつつ眼鏡を押し上げる。

「ふむ、もっと後方まで届くかと思いましたが、やはり範囲を広げると、射程距離は短くなりますね。次はもっと出力を上げて――む？」

気がつくと、砲身がぷすぷすと煙を上げていた。

「おや、これはいけない」

ノエルは迷わず『辺り一帯焼き払うちゃん一号』を魔物の群れに向かって投げた。

直後、『辺り一帯焼き払うちゃん一号』が魔物を巻き込みながらドオオオオンッ！と爆発する。

「クオオオオオオオ⁉」

「な、なんだ⁉　爆発したぞ⁉」

慄《おのの》く村人をよそに、ノエルは平然と眼鏡を押し上げた。

「ふむ、やはり爆発しましたか。魔鉱石ではどうしても繊細な制御ができませんから、改良の余地ありですね」

ぶつぶつと呟《つぶや》くノエルに向かって、残ったフロスト・ディアーが角を向けた。

「クオオオオオオッ！」

「！　ノエル様、危ない……！」

村人が悲鳴を上げるよりも早く。

「さあ、仕上げです！　『カチカチひえーるくん二号』！」

ノエルは手のひら大の球体を取り出すと、フロスト・ディアーに投げつけた。

球体がフロスト・ディアーに当たると同時、冷気と氷が弾《はじ》け、辺り一帯の木々を巻き込みながら残ったフロスト・ディアーをまとめて氷漬けにする。

「クオ、ォオ……」

「う、嘘《うそ》だろ⁉　あのフロスト・ディアーを氷漬けに⁉」

「あ、ありえない……なんだ、あのでたらめな魔導具は……⁉」

まさか氷魔法を得意とするフロスト・ディアーが氷漬けにされるとは予想外だったようで、村人たちは目を丸くしている。

ノエルは凍り付いたフロスト・ディアーたちに向かって、眼鏡をきらりと光らせた。

「魔導開発院初代筆頭の力、舐《な》めないでいただきたいですね」

「おおおおっ！　すげえっ、ただ爆発事故を起こすだけの人じゃないんだな⁉」

「魔導具、とってもかっこよかったー！　ぼくも使ってみたい！」

「ノエル様、万歳！　さすがは魔導開発院初代筆頭！　新時代の寵児《ちょうじ》！」

吹雪の森に、熱いコールが響き渡ったのだった。

＊＊＊

森から次々湧いて出る魔物をあらかた片付けて、一行はようやく一息ついた。

「ふう、こんなものか」

「被害がなくて良かったです！」

「試し撃ちもできましたし、初見の魔物もいて、得るものが多い戦いでした」

「みんな、お疲れ様！　とってもかっこよかったわよ！」

村人の避難誘導をしていたレクシアが、笑顔で三人に声を掛ける。

村人たちも駆け寄って、口々に感謝を述べた。

「あ、ありがとうございます……！」

「みなさんがいなかったら、どうなっていたことか……」

「で、でも、こんなに可愛《かわい》いお嬢さんたちが、どうしてあんなに強いんだ……？」

エマが村人を代表して、ぺこりと頭を下げる。

「本当にありがとうございました……！　お疲れになったでしょう、どうぞ中でお休みになってください」

しかし、ルナは首を横に振った。

「ありがたいが、あれだけの群れだ、まだ残りの魔物がどこかに潜んでいるかもしれない。少し見回ってから戻ろう」

「そうね、万が一ってこともあるし――」

レクシアが言いかけた時、上空から笛のような鳴き声が響いた。

「ホー、ホー」

顔を上げる。

十羽ほどのフクロウのような魔物が、木の上からこちらを見下ろしていた。

「？　なにかしら、あの鳥？」

「妙だな。私たちを襲いもせず観察している……？」

警戒するレクシアたちの横で、ティトが目を見開く。

「あっ、あの魔物は……！」

「や、ヤバいッ……【ホーン・アウル】だ……」

「う、嘘だろ⁉ あいつが出たらもう終わりだ……！」

「ホーン・アウル？」

「もう終わりとは、一体――」

悲鳴を上げる村人たちに、レクシアたちが首を傾げた時。

「ホー、ホー。ホー、ホー」

十羽あまりの鳴き声が重なり、こだまとなって周囲の山に響き渡る。

まるでその声に呼応するように、森の東側にそびえる山の中腹が、ずるりと動いた。

「ええっ⁉ や、山が動いたわ⁉」

「いや違う、あれは……――！」

ルナの言葉を待たず、雪が崩れて斜面を滑り落ちてくる。

「な、雪崩だ！」

ドオオオオオオオオオオオオオオオッ！

「な、なななななんですって――――⁉」

白い煙と地響きを上げながら、雪の波が押し寄せる。

「に、逃げろ――――――！」

立ち尽くしている村人たちを追い立てて走り出す。

ティトが走りながら、木の上から悠々と見下ろしている魔物を仰いだ。

「ほ、ホーン・アウルは雪の下に獲物を隠す習性があって、特殊な鳴き声で雪崩を呼ぶんです……！」

「なるほど、雪崩で私たちを押し潰して保存食にすれば、一石二鳥というわけですね！合理的です！」

「感心してる場合じゃないが!?」

「どうするのよーっ!?」

「とにかく逃げるしかない！一刻も早く、遠くへ離れるんだ！」

しかし、いかにルナたちが大氾濫《スタンピード》を圧倒する実力を持っていようとも、自然の脅威にはとても太刀打ちできなかった。

「ホー、ホー」

嘲笑にも似たホーン・アウルの鳴き声が響き、雪の波と無情な轟音《ごうおん》が、木々をなぎ倒しながら迫り来る。

「だめ、間に合わないわ！」

するとティトが突然立ち止まって、振り返った。

「ティト⁉」

「こ、ここここで雪崩を食い止めますっ！」

「どうやって⁉」

「わ、分からないですけど、このままじゃ村が……！　みんなが呑まれちゃう……！」

ティトが蒼白《そうはく》になって叫んだ時。

《やれやれ、騒がしいな》

「⁉　こ、この声は……⁉」

上から降ってきた声に、レクシアとルナが空を仰ぐ。

すると空から白い小さな影が飛び込んできて、雪崩の前に降り立った。

《――【烈風脚】》

涼やかな声と共に、鋭い蹴りを繰り出す。

ズバアアアアアッ！

蹴りによって凄《すさ》まじい衝撃波が放たれ、雪崩が砕け散って蒸発した。

——ただの一撃。

「なっ……!?」

「な、雪崩を……蹴散らした……!?」

それは先程の大氾濫《スタン・ピード》よりもなお信じがたい光景であった。

さらに雪崩を霧散させた白い何かは、上空に飛び上がった。

木々を蹴りながら舞踏のように舞い、ホーン・アウルたちを瞬《また》く間に瞬殺する。

「ほ、ホーン・アウルの群れが、一瞬で……!?」

「ま、魔物の群れと雪崩を一瞬で蹴散らすなんて、一体……!?」

雪崩と魔物を塵《ちり》も残さず片付けて、その小さな影は軽やかに着地した。

《まったく、ホーホーとうるさい連中だったな》

何でもないことのように呟いて、軽く毛づくろいする。

丸いしっぽに、長い耳。小さな身体《からだ》を包む、雪のように白い体毛。

——それは白いウサギだった。

「「う、ウサギ様……!?」」

レクシアとルナの叫びが重なる。

すると、二人に気付いたウサギが目を瞠《みは》った。

《お、お前たち……!?　アルセリア王女とその護衛が、何故《なぜ》こんな所に……!》

「お久しぶりです、ウサギ様！」

「危ないところを助けてくださって、ありがとうございます」

レクシアとルナが普通にウサギと挨拶を交わす光景を見て、ノエルが「う、う、ウサギが、しゃべってる……」と驚きつつ立ち尽くす。

ティトは戸惑いながら、レクシアとルナにそっと声を掛けた。

「あ、あの、このウサギさんは、レクシアさんとルナさんのお知り合いなんですか……？」

「ええ！　ウサギ様は、『蹴聖《しゅうせい》』様であり、『耳聖《じせい》』様なのよ！」

「「え、えええええええっ!?」」

今度はティトとノエルの声がハモった。

「えっ、えっ、ええええええっ⁉　……はっ⁉　そういえば師匠が、『蹴聖』様は神獣だって言っていたような⁉」

『聖《せい》』は『邪《じゃ》』に対抗するために星に選ばれた特別な存在だが、その中でも『聖』を冠する獣のことを神獣と呼んだ。

ノエルも呆然《ぼうぜん》としている。

「し、神獣……おとぎ話の中の存在だと思っていましたが、まさか実在するなんて……みなさんと一緒にいると、驚きの連続です……」

「そうなの、ウサギ様はとってもすごい方なのよ！　……でも、魔物を一瞬で殲滅《せんめつ》するどころか、雪崩を蒸発させるなんて、さすがに予想してなかったわ」

「相変わらず規格外というか、さすがはウサギ様だな……」

ウサギは四人の驚きなど意に介さず、ティトに目を向けた。

《ところで、先程師匠とか言っているのが聞こえたが？》

ティトははっと我に返ると、慌てて頭を下げた。

「あわわわわ！　た、助けてくださってありがとうございます！　初めましてっ、ティトといいます！　『爪聖《そうせい》』の弟子ですっ！」

《ほう、『爪聖』の弟子か。グロリア様の弟子です。奇妙な巡り合わせだな》

目を細めるウサギに、レクシアが説明する。

「私たち、困っている人を助ける旅に出たんです！　ティトとはその途中で出会って、仲間になってくれたの」

《こ、困っている人を助ける旅とは……お前は王女だろう。よくアルセリア国王が許したな……》

「許したというか、半ば強引に飛び出してきたのですが……」

あまりに大それた経緯に、さすがのウサギも驚いている様子だった。

「ところでウサギ様は、どうしてここに？」

《ん？　ひたすら『邪獣』を倒しながら移動していたら、気付けば随分北上していてな。何やらホーホーうるさいので来てみたら、雪崩に呑《の》み込まれそうな集落を見つけたというわけだ》

「じゃ、『邪獣』を倒しながら、ここまで北上とは……それは実質、世界を救う旅と同義なのでは……？」

「さ、さすが『蹴聖』様、スケールが大きいですっ……！」

「相変わらずとんでもない御方《おかた》だな……」

ウサギはレクシアたちを見渡した。

《それで、困っている人を助ける旅に出たというお前たちが、こんな所で何をしてるんだ？》

「それは……」

レクシアがノエルに視線を向ける。

ノエルが頷《うなず》いて、やや緊張しつつ進み出た。

「『蹴聖』様、お初にお目に掛かります。ロメール帝国の宮廷魔術師首席兼魔導開発院初代筆頭ノエルと申します。実は、私の姉が氷霊に憑《つ》かれてしまい……——」

ノエルが事情を説明すると、ウサギは腕を組んで森を一瞥《いちべつ》した。

《なるほどな。この国に入ってから妙な気配がすると思っていたが、この吹雪は呪いの力というわけか。どうりで、魔物が騒がしいわけだ》

「四日後の満月の夜に、氷霊が岩窟から出てきて真の力を解放するんだけど……私たちじゃ勝てなくて困ってるんです」

レクシアが言い、ティトが耳をぺしょりと伏せた。

「氷霊が操る氷の軍勢はとても強力で……前回はなんとか凌《しの》ぐことができましたが、次はもっと強くなっているはずです」

「あれが氷霊と共に帝都に押し寄せた時、果たして守り切れるかどうか……」

ルナやティトをもってしても、魔物とは異なる強さを誇る氷の軍勢は脅威であった。

ウサギは四人の説明に耳を傾けていたが、なんでもないことのように頷いた。

《なるほど。あと四日あるなら、三日は修行できるな》

「え？」

《簡単な話だ。今勝てないのであれば、勝てるように強くなればいいだけだろう。俺が特別に稽古をつけてやる》

「え、えええええっ⁉」

「い、いいんですか⁉」

通常であれば、『蹴聖』から稽古をつけてもらえるなど有り得ないことであった。

《ああ。弟子以外は面倒を見ない主義だが、俺の弟子でもあり師匠でもあるユウヤの友人だからな》

「ふぁ⁉　ユウヤさんが『蹴聖』様のお弟子さんで師匠……⁉」

「ど、どういうことなのですか⁉」

混乱するティトとノエルに、ルナがさらなる爆弾を投下する。

「ついでに、ユウヤは『剣聖《けんせい》』の弟子でもあるぞ」

「イリスさんの⁉」

「興味を超えて恐怖すら覚えてきたのですが、本当に何者なんですか、ユウヤさんという方は……⁉」

「まあ、生きながら伝説を作り続けているからな、あいつは……」

「そして私はそんなユウヤ様の婚約者よ！」

「話をややこしくするな！」

賑《にぎ》やかな四人を遮って、ウサギは悠々と腕を組む。

《呪いなどという陰湿な術を使うヤツのことなどよく知らんが、俺が出るまでもない。俺がお前たちを、氷霊や氷の軍勢ごとき難なく倒せるようにしてやる。三日間でものにしろ》

稽古が終わるのは、決戦となる満月の日、その前日だ。

四人は顔を見合わせて頷くと、声を揃《そろ》えた。

「「「「よろしくお願いします！」」」」

＊＊＊

激しい修行が予想されるため、一行は村に被害を出さないよう、森の中に移動した。

修行の前に、ウサギは四人に氷の人形について確認する。

《それで、氷の人形とやらはどういう敵なんだ？》
「は、はいっ、すごく硬くて頑丈です！」
「何より厄介なのが、壊してもすぐに再生してしまいます」
《なるほどな》
ティトとルナの説明を聞いて、ウサギは頷いた。
《俺も昔、そういう相手と相まみえたことがある。だが、弱点のない敵など存在しない。そういう輩《やから》――生命を持たない傀儡《かいらい》には、大抵エネルギー源である核があるものだ。それを破壊すればいい》
「核……」
四人は顔を見合わせた。
氷の人形と相対した時には、そんなものがあるなど考える余裕もなかった。
ティトがおそるおそる手を挙げる。
「えっと、すみません、核があるなんて想像する余裕もなくて……一体どこに核があるのか、分からないです……」
《ん？　核がどこにあるかなど関係ないぞ》
「え？」

《そもそも、核はエネルギー源であると同時に弱点だ。そして当然、弱点は隠すものだからな。そう簡単に見つけられないようになっているだろう》

「で、ではどうすれば……」

《簡単だ。持てる力の限りを叩きつけ、完膚なきまでに破壊する。もしくは全身を粉々に切り刻む。そうすれば、核の場所など関係ないだろう》

「⁉」

「た、確かにおっしゃる通りですが、氷の人形はミスリル・ボア以上に頑強で……！」

驚きをあらわにする四人を見て、ウサギはやれやれと首を振った。

《仕方ない、見本を見せてやろう》

くるりと背を向け、森に向かって立つ。

そして極限まで足を体に引き寄せると、溜《た》めた力を一気に解き放ち、蹴りを放った。

《【破蹴閃《はしゅうせん》】！》

ゴガアアアアアアアアアアアアアアッ！

一点に集中した力が爆発し、森の木が次々に打ち砕かれていく。

「…………」

木々の倒れる音がこだました後。

衝撃が駆け抜けた直線上の森がごっそり吹き飛び、綺麗《きれい》な大通りが完成していた。

ウサギは絶句する一行を振り返り、

《こうだ》

「無理ですが⁉」

「も、もしかして、ご自分が規格外だっていう自覚がない……⁉」

「ユウヤ様、よくこんな無茶な修行について行ってるわね……」

動揺するレクシアたちの横で、ノエルは興奮した様子でメモを取っていた。

「な、なるほど、これは魔導具にも応用できそうですね……！　限界まで力を溜めて一気に爆発させる、と……！」

《その通りだ。力を一点に集中して爆発的に解放することで、相手を確実に破壊する。そうすれば、いかに頑丈な氷の人形といえど粉々になるだろう。まとめて薙《な》ぎ払うことができればなお良い》

「それができるのは、現役の『聖』の中でも限られているのでは……？」

《さて、時間も限られていることだ。さっそく一人一人見てやろう》

こうして四人は、それぞれ特訓をつけてもらうことになったのだった。

＊＊＊

ティトは跳躍すると、爪に力を溜め、一気に振り下ろした。

「【雷轟爪《らいごうそう》】！」

雪が深く抉《えぐ》れて飛び散る。

「ど、どうでしょうかっ⁉」

振り返ると、ウサギは首を振った。

《全然足りんな。それでは再生する敵を相手に勝てないのも当然だ。もっと極限まで力を引き出すんだ》

「うう、どうすれば……！」

するとウサギは軽く地面を蹴って、岩の上に躍り上がった。

《こうだ――【星落とし】！》

足に力を纏《まと》わせ、車輪のように回転しながら、強烈なかかと落としを叩《たた》き込む。

ドゴオオオオオオオオオオッ！　と岩が砕け、そればかりかその下にある地面までもが深く抉られた。

《やってみろ》

「あわわわわ、岩が一撃で……!?」

岩があった場所にできた深淵《しんえん》のごとき穴を覗《のぞ》き込んで、ティトが涙目になる。

「ううう、お師匠様から、『蹴聖《しゅうせい》』様はとんでもなく強いって聞いてたけど、本当にとんでもないです……！　こんなの無理……！」

《何もそのまま再現しろと言っているわけじゃない。目で盗め》

「目で盗む……？　えっと、ええっと……！」

ティトは、先程見たウサギの動きを必死に思い出した。

はっと思い当たる。

「そっか、回転の勢いを利用して、威力を増せば……もう一回やってみます！」

大きく息を吸って、意識を研ぎ澄ませる。

跳躍すると同時に体をひねった。

「はあああああッ！」

空中で回転しながら勢いを増すと、力を纏って強化した爪を、真下へ叩き付ける。

「【雷轟爪・極】！」

ドオオオオオオオンッ！

雪と土が激しく舞い上がる。

ウサギが開けた穴の横に、その半分ほどの深さの穴が穿《うが》たれていた。

「で、できましたっ……！　ウサギ様にはまだまだ全然敵《かな》わないけど……でもこれなら氷の軍勢を倒せそうです……！」

《倒せそう、ではない。倒すんだ》

「は、はいっ！」

びしっ！　と姿勢を正すティトを見て、ウサギは頷《うなず》いた。

《『爪聖《そうせい》』の弟子として恥じないよう、精進することだな》

「はいっ、ありがとうございます！」

＊＊＊

「『乱舞《らんぶ》』！」

ルナが鋭く両手を振るうと、周囲の木が細かく切り刻まれた。

足元に散らばった破片を見下ろしながら、息を吐く。

「……このままでは、まだ勝てないだろうな」

《なんだ、もう休憩か？》

涼しい声に振り返ると、ウサギが腕を組んでいた。

「いえ……ですが、今のままでは、氷の人形に通用しません。氷の人形は硬く、糸が弾《はじ》かれてしまい……」

《簡単だ。武器の切れ味を上げれば良い》

「ですから、それができれば苦労は……」

《そのための特訓だろう。いいものがあるじゃないか》

ウサギはそう言うと、手にした魔導具をぽんぽんと叩いた。

「そ、それは……『雪玉飛び出すちゃん四号』⁉」

「先ほど、あの眼鏡の小娘から借り受けたのだ。見たところ、お前の修行にうってつけではないか」

「え？　わ、私の修行にうってつけとは——」

「そら、行くぞ」

ウサギは問答無用で魔導具をセットすると、ルナに向かって雪玉を撃ち出した。

「くっ⁉　『乱舞』！」

シュパパパパッ！

連射される雪玉を、ルナは縦横無尽に張り巡らせた糸で切り刻んでいく。

ウサギは、ルナが焦《あせ》りながらも危なげなく雪玉を捌《さば》く様子を見ていたが、不意に呟《つぶや》いた。

《……これでは足りないな、もう少し強度を上げるか。俺が蹴ろう》

「⁉　そ、それは……⁉」

ウサギが次に取り出したのは、『とっても硬い雪玉たくさんつくーるくん一号』だった。

「お、お待ちください、ウサギ様！　その雪玉はさすがに……！」

慌てるルナに構わず、ウサギは魔導具で次々に雪玉を作り始めた。

岩石と同じ強度を誇る雪玉がごろごろと吐き出される。

そしてウサギは大量に作った雪玉を一列に並べると、蹴りを放った。

《行くぞ――はっ！》

「くっ⁉　本当にとんでもないな、この人は……⁉」

凄《すさ》まじい速度で襲い来る凶器を、ルナは必死に糸で弾いた。

一瞬でも気を逸《そ》らしたら無事で済まないのは間違いない。

神経を研ぎ澄ませながら、無数の雪の弾丸を捌く。

《どうした、もっとスピードを上げなければ追いつかないぞ。そら！》

「くっ……！」

最初は弾くだけで精一杯だったが、必死に糸の速度を上げるにつれ、次第に雪玉を斬れるようになってきた。

「……！　そうか、糸の速度を上げることで、切れ味が研ぎ澄まされたのか……！」

やがて雪玉がなくなる頃には、ルナの足元にはかつて雪玉だった細かい欠片《かけら》が積み上がっていた。

「はぁっ、はぁっ……なんとか、捌けたか……」

《よし、今の感覚を忘れるな。最後にこれを斬ってみろ》

「そ、それはっ……?!」

ウサギが示したのは、ルナよりも大きな雪玉だった。

《俺も作ってみた。『耳聖《じせい》』でもある俺が耳で作ったのだ。当然、岩石以上の強度があるぞ》

「う、ウサギ様、まさか……!?」

《行くぞ、構えろ。――ハァッ！》

ウサギは巨大な雪玉目がけて、容赦なく蹴りを放った。

「くッ、『乱舞』！」

ルナが反射的に両腕を振るう。

唸《うな》りを上げて迫る雪玉に、無数の糸が殺到し――


シュバババババッ！


雪玉の表面に無数の亀裂が入ったかと思うと、ぼろりと崩れた。あっという間に細かな氷片と化し、きらきらと風に舞い散っていく。

予想以上の威力に、ルナは思わず目を瞠《みは》った。

「い、糸の威力が、上がっている……？」

速度を鍛えたことで糸の切れ味が上がり、より速く、より強力になったのだ。

ウサギが満足そうに頷く。

《これなら、どんなに硬い相手や再生する敵であっても対抗できるだろう》

「はい、ありがとうございます……！」

ルナは打倒氷の軍勢に闘志を燃やすのだった。

＊＊＊

「発射《ファイア》！」

パアアアアンッ！

ノエルが魔銃の引き金を引くと、魔弾が一直線に森を駆け抜けた。

木を何本か吹き飛ばして止まる。

「いかがでしょうか？」

振り向いたノエルに、それを見ていたウサギが顎を撫《な》でた。

《ほう、おもしろいものだな》

一度は氷壁に弾かれた魔銃だが、ノエルは大氾濫《スタン・ピード》の魔物がドロップした素材を使って、短時間で改良を加えていた。

しかしウサギは首をひねる。

《遠距離から攻撃できるのは利点だが、話を聞く限り、氷霊とやらを相手取るには威力が物足りないように見えるな》

「やはりそうですか……」

《何か助言をしたいところだが、俺は魔法も魔導具も門外漢だからな。……まあ、魔法は多少使えるようになったが》

「ま、魔法まで⁉　『蹴聖』様ほどお強ければ、魔法はいらなそうなものですが……」

《そんなことはない。『邪』に対抗するために、戦う術《すべ》はいくらあってもいい。ユウヤのおかげで【魔装《まそう》】も習得したしな》

「？　【魔装】とは？」

ノエルが首を傾《かし》げると、ウサギは自らの足を示した。

《武器や四肢に魔法を纏《まと》わせ、強化する術だ》

「武器に魔法を⁉　そんなことが可能なのですか⁉」

《ああ。誰にでもできるというわけではないが、不可能ではない。なにせ、ユウヤや俺自身が体現しているからな》

ウサギの言葉を聞いて、ノエルは思案した。

「魔法そのもので強化するなど考えもしませんでしたが……確かにそれができれば、より威力の高い攻撃が可能になる……もしかして、魔導具にも応用できるのでは……？」

ノエルは何かに気付くと、真剣な顔でぶつぶつと呟き始めた。

「例えば、魔銃に魔法そのものを装塡して増幅し、発射する……ただ、魔銃は繊細だから、精度の高い制御が求められる。下手に注入すると暴発する可能性が高く、私でも難しい。よほど腕の良い魔術師でなければ……例えば姉のような——」

そこまで呟いて、ノエルははっと目を上げた。

「そう……そうか……」

ウサギに向かって頭を下げる。

「ありがとうございます、ウサギ様のご指摘をもとに、改良を加えます」

《ああ。それにしても魔導具か、おもしろいものだな。引き続き励むが良い》

「！　はい……！」

＊＊＊

一方レクシアは、ルナたちが修行する様子を村から見守っていた。

「みんなすごいわ！　どんどん強くなるわね！　……それなのに、私は……」

『光華《こうか》の息吹《いぶき》』を氷霊に弾かれたことを思い出して、肩を落とす。

そこにウサギが降り立った。

《どうした、浮かない顔だな》

「あっ、ウサギ様、聞いてください！　私、特別な力を使えるようになったんです！　でも、氷霊に弾かれてしまって……」

しょんぼりするレクシアを見て、ウサギは肩を竦《すく》めた。

《そう焦ることはない。お前にはお前にしかできない役割があるだろう。確かにあいつら

も強くなっているが……大局を変えるのは、お前のとっさの一手かもしれんぞ》

「え？」

《前線で戦うあいつらでは見えないこともあるだろう。お前の機転や考え方次第で、流れが大きく変わる可能性もあるということだ》

それを聞いたレクシアの目に、みるみる希望の光が瞬《またた》いた。

「そう……そうよね！　私にしかできないことだってあるわ！　今までだって何とかなってきたんだし、次こそは絶対に大丈夫！　気合いよ、気合いっ！　みんなだってあんなに頑張ってるんだから、私も落ち込んでなんかいられないわ！」

レクシアの意気込みに応えるように、森から轟音《ごうおん》が響いて、ウサギは笑った。

《フッ。あいつらも、どうやら真面目に修行に励んでいるようだな》

村人たちも、驚きながらルナたちの修行の様子を眺めていた。

「お、おい、見えるか……？」

「あ、ああ。修行をするとは聞いていたが……あれは修行なのか……？　大氾濫《スタン・ピード》より激しいぞ……」

「すごい、まるで森が動いてるみたい……」

「……本当に、あの子たちなら何とかしてくれるかもしれないな」

吹雪に閉ざされ、滅びの時を待つばかりだった村に、希望の光が灯《とも》る。

そして希望が広がるのと連動するように、日が経《た》つごとに吹雪が弱まっていた。

＊＊＊

血の滲《にじ》むような修行を繰り返し、三日後。

「っはぁ、はぁ……明日は満月、いよいよ決戦だな……」

ルナがそう言いながら、額の汗を拭う。

ティトたちも肩で息をしていた。

あのあと一行は、ほとんど休みなく稽古を続け、満身創痍《そうい》であった。

一方、ウサギは涼しい顔で言い放つ。

《俺の修行についてくるとは、なかなかやるな》

「か、かなり過酷ではありましたが、なんとか……」

「何度ももうダメだって思いましたぁ……」

するとウサギは、驚くべきことを言い出した。

《それでは最終試験だ》

「さ、最終試験!?　って……」

《課題は、俺に触れること。フィールドはこの山一帯。一人でも課題をクリアできれば合格だ。この課題を達成できれば、どんな相手だろうがお前たちの敵ではないだろう》

「な……!?　ま、まさか『蹴聖《しゅうせい》』様に挑む日が来ようとは……！」

「ううっ、す、すごく難しそう……でも頑張らなきゃ……！」

《とはいえ、さすがにハンデがないとキツいだろう。俺は右足以外は使わないようにしよう》

ウサギは左足をぴたりと身体《からだ》に引き寄せる。

《さあ、遠慮はいらん。全力で掛かってこい》

「こうなったら、やるしかないわね……！」

「仕方ない、腕試しだ……！」

こうして、究極の鬼ごっこが幕を開けたのだった。

＊＊＊

ウサギは右足だけで華麗に山を駆け抜け、森を飛び回る。

ルナはその背後に回り込むと、糸を放った。

「『監獄《かんごく》』！」

瞬時に展開した糸が、檻《おり》のようにウサギを囲む。

そして中心にいるウサギに向かって一気に収束し――

《【烈風脚《れっぷうきゃく》】》

「くっ⁉」

右足のひと薙《な》ぎによって、糸が一瞬にして蹴散らされる。

今度は技を放ち終えたばかりのウサギを狙って、木陰からノエルが飛び出した。

「そこです！　発射《ファイア》！」

捕獲銃から網を放つも、ウサギは難なく避《よ》ける。

《どうした、速度が落ちているぞ》

「片足だけでこの機動力、一体どうなっているんだ……！」

「ハンデがない時と遜色ないように見えるのですが……⁉」

高速で森を飛び回るウサギをルナが必死に追い、ノエルが網を乱射する。

「がんばって、みんなー！」

レクシアは山の頂上から声援を送っていた。

《そうやみくもに狙っても届かんぞ。敵の動きをしっかり見ろ》

「く……！」

ウサギは右足で木々を蹴って跳躍しながら、周囲の気配を探った。

《（……少し前から、『爪聖《そうせい》』の弟子がいないな。体力を温存しつつ、どこかに潜んでいるか？）》

そんなことを考えていると、ルナとノエルがウサギの左右に展開した。

「ここだ！　行くぞ、ノエル！　『蜘蛛《くも》』！」

「了解です！　発射《ファイア》！」

挟みこむような攻撃に、何か仕掛けているらしいと悟る。

《（あまり引き離しすぎても修行にならないな。ここは引っ掛かってやるか）》

ウサギはルナたちの誘導に乗り、攻撃を避けて巨木の下に差し掛かった。

すると頭上から、待ち伏せしていたティトが飛び降りてきた。

「これで決めます！　【雷轟爪《らいごうそう》】ッ！」

《やはりそこに居たか》

ウサギが面白そうに足を止める。

「捕らえた！」

ほんの一瞬動きを止めたウサギを捕獲するべく、ルナの糸とノエルの網、ティトの爪が殺到し――

《【烈風脚】！》

「くっ⁉」

「ひゃああ⁉」

ウサギが右足を薙ぐや突風が巻き起こり、全ての攻撃を蹴散らした。

「はぁ、はぁ、はぁっ……」

ついに精根尽き果てて、ルナたちはぐったりと雪の上に転がった。

「だ、ダメでしたぁ～っ……」

「触れるどころか掠《かす》りもしない……化け物か……！」

「微塵《みじん》も敵《かな》う気がしないのですが……⁉」

《どうした、もう終わりか？》

疲労困憊《ひろうこんぱい》の三人を見下ろして、ウサギが笑う。

レクシアは山の頂上から、真剣な顔でその様子を見ていた。

「さすがはウサギ様ね、ただの戦闘力勝負じゃ勝てないわ……！　――でも、待って？　この試験の合格条件って……」

レクシアははっと気づくと、背後を振り返った。

吸い込まれそうな崖が視界に映る。

ヴィークル・ホークを捕まえた時のことを思い出すなり、レクシアは声を張っていた。

「ウサギ様、こっちよー！」

《ん？》

レクシアはウサギの視線を引き付けると、軽やかに斜面を駆け上がり、

「えーいっ！」

崖へと身を躍らせた。

「「レクシア／レクシアさん――――ッ!?」」

《何をしている……！》

ウサギは一瞬にして頂上へ駆け上がると、落ちゆくレクシアの手を摑《つか》んだ。

「きゃっ！」

《このおてんば王女め……！》

ウサギはレクシアを抱えて崖の上へ躍り上がると、衝撃を殺しながらふわりと着地した。

「ありがとうございます、ウサギ様っ！　これで私たち、試験に合格できたわね！」

レクシアが軽やかに笑う。

その手はしっかりとウサギの手を握っていた。

《！　まさかお前、そのために……⁉》

ウサギがレクシアの意図に気付いて目を瞠《みは》る。

勝ち誇るレクシアに、ティトが飛びついた。

「きゃっ、ティト⁉」

「ううっ、びっくりしました～！　ご無事で良かったです……！」

「なんという大胆な……！　寿命が縮むかと思いました……！」

「無茶をするなと何度言ったら分かるんだ⁉　ウサギ様が助けてくれなければ、死んでたんだぞ⁉」

「でも、ウサギ様なら絶対に助けてくれるでしょ？」

レクシアに片目を瞑《つぶ》られて、ウサギは呆《あき》れたように肩を竦《すく》めた。

《やれやれ、とんでもないヤツだな……だが、合格は合格だ》

「やったわ、みんな！　ウサギ様の試験に合格したわー！」

「お前は少し反省しろ！」

《今度、アルセリア国王にお灸《きゅう》を据えてもらわなければならんな》

「や、やめて！　お父様には言わないでー！」

　こうしてレクシアの奇策によって、一行は無事に最終試験に合格したのだった。

《さて、もう十分だろう。修行はここまでだ。この修行を乗り越えたお前たちなら、氷霊ごときに後れは取らんだろう。俺が保証する》

「あ、あのっ、ありがとうございました……！」

　背中を向けたウサギに、ティトが頭を下げる。

　ウサギは去り際《ぎわ》に振り返った。

《いいか、負の感情は呪いを加速させる。戦闘も同じだ。実体のない恐怖にとらわれず、その目でしっかり見定めろ》

「負の感情は、呪いを加速させる……」

　レクシアはその言葉を深く刻み込むように、口の中で繰り返す。

《修行で身に付けたことを忘れず、最善を尽くすがいい》

ウサギが地面を蹴って跳躍すると、足場にした地面がドオンッ！　と弾《はじ》け飛んだ。

「と、飛び上がる衝撃だけで、地面に穴がっ……!?」

地面に空いた巨大なクレーターを見て、ティトが戦《おのの》く。

一瞬にして上空に移動したウサギは、弾丸のように凄《すさ》まじい勢いで去っていった。

「す、すごい、あれが『蹴聖』様……！」

「相変わらずマイペースというか、掴みどころのない御方《おかた》だな」

皆が半ば呆然《ぼうぜん》としながら、ウサギが消えた方角を見つめる。

ルナがやれやれと首を振った。

「さて、まずは村に戻って着替えよう、この寒いのに汗だくだ」

「賛成！　このままじゃ風邪を引いちゃうわ――はくひゅんっ！」

「わわっ、大丈夫ですか？　早く温まらないと……」

村に戻ろうとすると、ノエルがふと眼鏡を上げた。

「……待ってください。地面が揺れてませんか？」

「え？」

気が付くと、確かに地面が低く鳴動していた。

「な、なななにっ⁉　今度はなんなの⁉」

「まさか、また魔物の襲撃か⁉　あるいは雪崩か⁉」

レクシアが叫び、ルナが身構える間にも、震動はどんどん大きくなる。

ティトがはっと猫耳を立てた。

「いえ、下……地面の下から何か来ますっ……！」

そして――


ズドオオオオオオオオッ！

ウサギが抉《えぐ》った地面から、巨大な水柱が上がった。

そしてもうもうと立ち込める湯気と熱気。

「お、お……温泉が湧きました――――⁉」

「去り際のあの一撃で⁉」

「さすがに規格外すぎないか⁉」

勢いよく噴き上がった水柱――湯柱は次第に落ち着き、後には抉られた地面にたっぷりと湛《たた》えられたお湯が残された。

「ほ、本当に温泉だぁ……」

「温度も適温ですね」

ティトが湯気を立てる水面をおそるおそる覗《のぞ》き込み、ノエルが手を入れて温度を確かめる。

突如として森に出現した温泉を見て、レクシアは神妙な顔で口を開いた。

「分かったわ。これは太陽神様のお告げね」

「太陽神様のお告げ？」

「そうよ」

レクシアは敬虔《けいけん》なシスターの如《ごと》く、両手を握った。

「深い森、一面の雪景色、そして温泉。私たちが取るべき行動はただひとつ――温泉に入るわよ！」

「そんなことをしている場合か⁉」

「決戦は明日ですよ⁉」

しかしレクシアは当然のように腰に手を当てる。

「だって、冷えは万病の元っていうでしょ？　せっかく温泉が湧いたんだもの、有効活用しない手はないわよ。第一、みんなへとへとじゃない」

確かにウサギの修行は厳しく、ルナたちは限界まで心身を酷使した状態にあった。

「まずは決戦に備えて、疲れを癒やさなきゃ。それに、雪の中で入る温泉って、最高だと思わない？」

「う……」

ユウヤのアイテムによってすっかり露天風呂《ろてんぶろ》の虜《とりこ》になっているルナは、そわそわと目を泳がせた。

「ま、まあ、激しい修行だったからな。ちょうど汗を流したいと思っていたところだ」

「ねっ、そうでしょ？」

「ふむ。ここまで来たスノウ・ファングたちの引く橇《そり》であれば、明日の朝出発しても、夜までには十分間に合いますね」

「これが温泉……お外でお風呂……！」

三人の反応を見て、レクシアは上機嫌で片目を瞑った。

「決戦は明日の夜！　その前にゆったりのんびり疲れを癒やして、英気を養いましょう！」

＊＊＊

「ん〜っ、最っ高！　すっごく気持ちがいいわね！」

森の奥で、レクシアたちは温泉に浸《つ》かっていた。

吹雪は数日前から弱まっており、頬に当たる風と雪が心地いい。

「寒さの中で入る温泉は格別だな」

「ふぉぉぉ〜っ……！　外で入るお風呂、気持ちいいです……！」

「ふふ。ティトは、露天風呂に入るのは初めてなのね」

「はいっ！　この村にも温泉があればいいのにねって、よくエマと話してました！　温泉が湧いたって知ったら、みんな喜びます！」

ノエルも興味深そうに、くもった眼鏡を押し上げる。

「ふむ、これが温泉ですか」

「ノエルも初めてなのか？　ロメール帝国は温泉が多い印象だったが」

「場所によっては温泉を観光の目玉にしている地域もあるのですが、残念ながら帝都の周辺には源泉がないのです」

「そうなの？　なら、体験できて良かったわね！」

「ええ。本当に体の芯から温まって、疲れがほぐれます。これはいいものですね。……そういえば昔、帝都の人々の要望で、お風呂で使う魔導具を発明したのでした」

「えっ、それってどんな魔導具なの⁉」

ノエルは背負い袋から、手のひら大の物体を取り出す。

それは黄色いあひるだった。

「あひるさん……ですか？」

「はい。『ぷかぷかあひるくん五号』です。これを浮かべると、お風呂が三倍気持ちよくなります」

「どういう仕組みなの⁉」

「中に詰めた素材と魔鉱石の相乗効果によって——まあ、実際に使った方が早いでしょう」

あひるを浮かべると、透明だったお湯が白く濁り、指先まで血行が巡り始めた。

「ふおおお⁉　さらにぽかぽかしてきました……！」

「お肌もつるつるになったわ⁉」

「修行でついた擦り傷が一瞬で治ったんだが……⁉」

「ふむ、温泉で使ったのは初めてですが、想像以上の効果ですね。ちなみにこんなこともできます。ポチッとな」

　ノエルがあひるの頭をぽちりと押すと、くちばしから細かな泡が噴出して、温泉全体に行き渡った。

「はわ、はわわ……！　泡が当たって気持ちいいです……！」

「疲れが取れて、身体《からだ》が軽くなったぞ……」

「面白いわ、未知の体験ね……！　魔銃みたいな強い武器だけじゃなくて、こんな便利な生活道具まで発明できるなんて、ノエルって本当にすごいわ！」

　初めてのジャグジーに、レクシアたちはすっかり虜になるのだった。

　自然の中で入る温泉には得も言われぬ開放感があり、四人は心の底からリラックスする。

「ん～っ！　空気が澄んでて気持ちいいです……！」

　ティトが大きく伸びをし――レクシアがその胸をぷにぷにとつついた。

「あら？　ティト、また胸が大きくなったんじゃない？」

「ひゃわあ⁉　れ、レクシアさん、くすぐったいです～……っ！」

　ティトがあわあわと逃げようとするが、レクシアはその後ろから抱きつくと、今度は両手で胸を包み込んだ。

「えいっ！」

「んにゃぁ⁉」

「あっ、やっぱりサハル王国の時よりも大きくなってる！　間違いないわ！」

「れ、レクシアさん〜っ、はなしてくださいっ……！　ひゃんっ……！」

「うーん、相変わらずふにゅふにゅでぷにぷにでふわっふわ！　何を食べたらこうなるの？」

じゃれ合う二人を見ながら、ノエルが不思議そうに首を傾《かし》げる。

「仕立て屋の時も思いましたが……胸の大きさにこだわることに何の意味があるのでしょうか？」

「レクシアにとっては重大事のようなんだ、気にしなくていいぞ」

呆《あき》れるルナに、レクシアは肩をいからせた。

「もう、分かってないわね、ルナ！　ユウヤ様に魅力的だって思ってもらうためにも、とっても大事なことじゃない！　それに、スキンシップは大事よ！　ほら、こうして――」

レクシアは、今度はノエルの胸を包み込んだ。

「んっ……！　れ、レクシアさんっ……⁉」

「あっ、やっぱり私より大きいわ⁉　それにこの弾力、やみつきになっちゃう……！」

「こ、これはくすぐったいというか、妙な感じがしますね……！」

レクシアはノエルの胸をひとしきり味わって満足すると、肩をそびやかした。

「いい、ノエル。こういうスキンシップも、大切なコミュニケーションのひとつなのよ」

「な、なるほど、コミュニケーション。大変勉強になりました。……今にして思えば、宮廷内でこの吹雪が私の陰謀だという噂《うわさ》が広がったのも、私のコミュニケーション不足が招いた結果なのかもしれません。次からは、部下や周囲と積極的にこのようなスキンシップを図ることにします」

「それがいいわ！」

「よくなくないか？」

ノエルは小さく笑いながら、灰色の雲に覆われた空を見上げた。

「……氷霊を倒したら、姉さんにも教えてあげなくては。思えばここ数年というもの、私は魔導具の開発のために、部屋にこもってばかりいました。みんなの生活を便利にしたくて必死になるあまり、姉さんときちんとコミュニケーションを取ることも、久しくしていなかった。姉さんのためにもより良い魔導具を作りたかったのに、本末転倒ですね」

寂しそうなノエルの肩に、レクシアは優しく手を添えた。

「事件が解決したら、フローラさんも連れて、みんなで温泉に入りましょう！」

「はい！」

決戦を前に、四人は身体の芯から温まったのだった。

第六章　姉妹の絆

そして、決戦の日。

四人は帝都を背に立っていた。

空は厚い雲に覆われ、昇り始めた満月が時折見え隠れする。

「いよいよね」

「はい」

レクシアが言い、ノエルが硬い顔で頷《うなず》く。

ティトは胸に当てた手をぎゅっと握った。

「必ず倒してみせる……！　エマや、みんなのためにも……！」

故郷の村を出る前に、ティトはエマの手を握りながら「必ず氷霊を倒して、この呪いの吹雪を晴らしてみせる」と約束したのだ。

レクシアたちも、これまで通ってきた町や、ティトの故郷の村人たち、帝都の人々を思い浮かべながら、暗闇の向こうを睨《にら》み付ける。

そして。

「来たわ……！」

吹雪のカーテンを引き連れて、ほっそりとした人影が姿を現した。

「姉さん！」

「フローラさん！」

幽鬼のように立つフローラに、ノエルが叫ぶ。

「姉さん、聞こえる⁉　今度こそ氷霊を倒して、姉さんを取り戻すから……！」

しかし答えたのは、冷たいまなざしとしわがれた声だった。

『く、ははは……！　いくら呼びかけても無駄だ！　この女の意識は深く沈み、もはや己の意志では指先ひとつ動かせぬ！　もうまもなくだ……まもなく我が真の力の解放と共に、完全に我がものとなるだろう！』

「っ、氷霊……！」

「そうやって勝ち誇っていられるのも今の内よ！　あなたなんて、すぐにやっつけちゃうんだから！」

フローラ――氷霊は、レクシアに目を留めて『ほう』と面白そうに目を細めた。

『生きていたか、小娘。その身に掛けた我が氷の呪い、よくぞ解いたな。いかなる術を使ったものか……だが残念だったな。まもなく時は満ちる。満月が中天にかかると同時に、貴様ら諸共《もろとも》、我が氷が帝国全土を呑《の》み込むであろう』

口を歪《ゆが》めて笑う氷霊を、ノエルが睨み付ける。

「絶対にお前の好きなようにはさせない……！　必ず呪いを晴らして、姉さんを取り戻してみせる！」

『ふ、はは。威勢の良いことだ。それでこそ、我が贄《にえ》に相応《ふさわ》しい。さあ、矮小《わいしょう》な生き物どもめ、太古より続く呪いの力を恐れ敬え！　我が糧《かて》となるがいい！』

氷霊が両手を広げると共に吹雪が押し寄せ、大地を凍らせていく。

そして凍った地面から、氷の人形が次々に生み出された。

『行くがいい、我が死の軍勢よ！　我に逆らう者どもをいたぶり、嬲《なぶ》り、恐怖に凍えさせよ！』

「ヴオオオオオオオオオオオオオオオオオ！」

「来ます！」

「何としても、ここで食い止めるぞ！　レクシアは氷霊の隙を狙って『光華《こうか》の息吹《いぶき》』を発動して、フローラから引き剝がせ！」

「ええ！」

吹雪の中、一行は氷の軍勢と激突した。

＊＊＊

「ヴォオオオオオオオオオオオ！」

何十体という氷の軍勢が、帝都を目指して進軍する。

ティトは氷の人形たちを睨み付けて、膝を屈《かが》めた。

「ウサギさんに教わった力、見せてあげます！【雷轟爪《らいごうそう》・極】ッ！」

氷の軍勢の上空に躍り上がり、回転を利用して力を叩《たた》き付ける。

ドオオオオオオンッ！

地面が揺れて轟音が弾《はじ》け、氷の人形たちが粉々に吹き飛んだ。

その威力は凄《すさ》まじく、ウサギとの修行の成果が出ているのが分かった。

「やった、再生しない……！　ウサギさんの言う通り、核ごと壊せたんだ……！」

「あの修行に比べたら、動きの鈍い人形の相手など容易《たやす》いものだな――『乱舞《らんぶ》』！」

ルナが氷の人形の間を駆け抜けながら糸を振るう。

シュパパパパパッ！

研ぎ澄まされた切れ味によって、ミスリル・ボアに匹敵する強度を誇るはずの氷の軍勢が、紙のように切り裂かれた。

「ヴオ、オオォオ……！」

「これだけ切り刻めば、再生もできまい」

『な……⁉　我が氷の軍勢を、再生もできぬほど粉々に……⁉』

氷の人形たちが次々に崩れ去っていくのを見て、氷霊が顔を引き攣《つ》らせる。

「私たちの技が通用します！」

「ああ。これなら勝てるぞ！」

ティトとルナは、氷の軍勢を打ち砕きながら息を弾ませた。

──しかし。

『くっ……！　愚かな小娘どもが、その程度で勝ったつもりになるなよ！　我が秘技を見せてやろう！』

氷霊がティトに手をかざしたかと思うと、指先から氷の蛇を放った。

「キシャアアアアッ！」

何十匹という氷蛇がティトへ迫る。

「な……⁉」

「ティト、危ないっ！」

レクシアが叫び、ルナがティトに向かって糸を放つ。

「『避役《ひえき》』！」

間一髪、ティトはルナの糸に助けられ、蛇の牙から逃れることができた。

「あ、ありがとうございます、ルナさん……！」

「ああ、だがあの蛇は一体……⁉」

標的を失った氷の蛇は、そのままティトの背後にあった木に噛《か》み付き——その木が一瞬にして凍り付いた。

「そ、そんな……⁉」

「木が一瞬で氷漬けに……⁉」

「キシャアアアア！」

無数の蛇をその身に纏《まと》わせながら、氷霊が白い喉を仰《の》け反らせて笑う。

『ふ、はははは！　我が氷蛇の牙が掠《かす》めれば、どんな物であろうとたちまち凍り付く！　氷の軍勢と氷蛇を相手に、どこまで楽しませてくれるか見物だなァ！』

「ヴォオオオオオ！」

ルナとティトは氷蛇から逃れながら、氷の軍勢に立ち向かう。

しかし素早く狡猾《こうかつ》な氷蛇の前に、苦戦を強いられていた。

「キシャアアアアッ！」

「くっ、技を打とうとすれば氷蛇が飛び掛かってくる、厄介だな……！」

「それに吹雪に紛れて、気配が読みづらいです……！」

帝都の人々は、家の中で怯《おび》えながらその光景を見ていた。

「あ、あんなの敵《かな》うわけがない……！」

「みんな死んじゃうんだ！」

「怖いよ……！」

「ひいいいっ、もうダメだ……！」

ティトの耳に、絶望した人々の声が届く。

その恐怖に呼応するように、吹雪が一層激しく吹き荒れた。

「うっ……！　吹雪で、前が……っ！」

「これじゃあ、技を出すこともできませんっ……！」

激しい氷雪がルナたちの足を止め、動きを鈍らせる。

『はははは！　いいぞ、力が溢《あふ》れてくる！　もっと糧を、もっと贄を！　月よ昇れ、この女の身体《からだ》を完全に我が物とし、命あるものを恐怖の氷で蹂躙《じゅうりん》するのだ！』

厚い雲の向こうで満月が刻一刻と中天に近付き、吹雪がごうごうと帝都を揺らす。

　氷霊の青暗い瞳が愉悦を浮かべながら、吹雪に苦しむレクシアたちを見下ろした。

『ああ、なんと脆《もろ》く、哀れな存在であることか。せめて死にゆく貴様らに、こいつの顔を見せてやろう。最後の別れを交わすがいい！』

　氷霊の向こうに、フローラの面影が揺らめく。

　か細い声が、振り絞るように叫んだ。

「ああ、ごめんなさい……！　こんなこと……私が、私が間違っていたわ……！　だからお願い、もうやめて……！」

「姉さん……！」

　氷霊の奥底で苦しんでいるフローラに向かって、ノエルが叫んだ。

「姉さん、氷霊なんかに負けないで！　私が必ず助けるから……！」

　しかしノエルの叫びに応えたのは、耳障《みみざわ》りな哄笑《こうしょう》だった。

『はははは！　助けるだと？　片腹痛い！　冥土の土産に真実を教えてやろう。こいつは自ら望んで我を受け入れたのだ！』

「え……？」

ノエルが呆然《ぼうぜん》と立ち尽くす。

「望んで受け入れたって……どういう、こと……？」

『ふ、ははは……！　この女が何故《なぜ》、いかにして我に取り憑《つ》かれたのか知りたいだろう。ならば見せてやろう、あの日何が起こったのか……この女の真実を！』

氷霊が腕を薙《な》ぐと、吹雪の幕がレクシアたちを取り巻いた。

灰色のヴェールに、とある光景が投影される。

「っ、あれは……!?」

レクシアが驚きながら目を凝らす。

そこに映し出されたのは、フローラの過去だった。

＊＊＊

「ああ、フローラ様、ありがとうございます！」

「フローラ様の魔法のおかげで、安心して暮らすことができます……！」

「魔法を使えない我々のために、こんなにも心を砕いてくださって……なんてお優しい魔術師様なんだ……！」

「いいえ、いいのよ。魔法で多くの人を救うことこそ、魔術師である私の使命ですもの」

フローラは優れた魔術師だった。心優しく、魔法の才能に溢れ、そして努力家である彼女は、必死に磨き上げた魔法を用いて、多くの民を救った。

しかし、妹であるノエルは、さらなる才能を持っていた。生まれつき豊富な魔力を持ち、何の努力もすることなく、フローラの実力をあっさりと凌駕《りょうが》した。

まだ幼いノエルが強大な魔法で魔物を駆逐するのを見ながら、フローラは胸を高鳴らせた。

「ノエルと一緒に、魔法で多くの人を救いたい。ノエルがいれば、きっと帝国中の人々を幸せにできる……私もノエルに追いつけるように、がんばらなくちゃ……！」

ノエルは成長するにつれ、さらに強大な魔法を操るようになり、めきめきと頭角を現した。

フローラは優秀なノエルに少しでも追いつこうと、より懸命に魔法の練習に打ち込むようになった。

「はあ、はあっ……」

帝都の北に聳《そび》える山。

そこが、いつもフローラが魔法の特訓に使っている場所だった。

中途半端《ちゅうとはんぱ》に抉《えぐ》れた木の幹を見ながら、唇を噛み、両手を見下ろす。

「私の魔法には、ノエルのような威力はない……もっともっと火力を上げて、正確に制御できるようにならなくちゃ……」

優れた妹と並び立ちたい一心で、一人孤独に、魔法の訓練と勉強を重ねた。フローラにとって、強大な魔法を操るノエルは、ロメール帝国を支える同志であるとともに目標であり、ライバルでもあったのだ。

——しかし、ノエルはいつからか魔法の勉強をせず、何やらへんてこな魔導具の開発にばかり没頭するようになった。

魔法を極めれば間違いなく歴史に名を刻むような魔術師になれるというのに、魔法の練習に熱を入れることもなく、訳の分からない道具を作り出しては失敗ばかり繰り返している。

「なぜノエルは、魔法の練習もせず、おかしな道具で遊んでばかりいるの？　私がこんなに努力しても追いつけないくらいの、素晴らしい魔法の才能を持っているのに、どうして……」

魔法を極めることなく魔導具にばかり入れ込んでいるノエルに、フローラは複雑な想《おも》いを抱いていた。

——しかし。

「ノエル様が作ったという魔導具、役に立っていたが急に爆発したぞ⁉　ノエル様のために魔導開発院を新設するという話を聞いたが、大丈夫なのか……？」

「ねえ、知ってる？　ノエル様が発明されたこの魔導具、とても便利なのよ。おかげで生活が随分楽になったわ。もしかしてノエル様は、すごい方なのかもしれないわ」

「フローラ様も優秀だが、ノエル様も素晴らしい才能をお持ちだ。フローラ様はその都度ご本人を呼ばなければならんが、この魔導具は魔鉱石さえあれば誰でも使える。なんて優れているんだ。ノエル様は天才だな！」

ノエルは奇想天外な発想で注目を集め、魔導具を開発しては次々に功績を認められていったのだ。

今や帝国中の誰もが、ノエルの作る魔導具に夢中になっていた。

「（どうして……）」

どんなに努力しても、差が開いていく。魔法に見向きもせず、部屋にこもって魔導具に熱を上げているノエルばかりが認められていく。

その度に、フローラの心に淀《よど》んだ澱《おり》が降り積もった。

「（誰も私を見てくれない……私はこんなにがんばっているのに……まだ努力が足りないの？　どうしたらノエルに追いつけるの？　……どうして、ノエルばかりが……）」

魔法の勉強もせず、おかしな道具に夢中になってばかりいると苦々しく思っていた妹が、気付けば自分より認められている。努力している自分よりも高みにいる。

「……うん。それでもがんばらないと。私には、魔法しかないんだから」

行き場のない虚《むな》しさを押し込めながら、それでも懸命に魔法の訓練に打ち込む。

そんな日が続いた、ある夜のことだった。

「ノエル、聞いたわよ。またあなたの作った魔導具が、村を救ったんですって？」

フローラが声を掛けると、ノエルは机に広げた設計図に没頭しながら「うん」と言葉少なに頷《うなず》いた。

フローラはシチューをよそった器を食卓に置いた。

自分が焦がしてしまったパンに目を落としながら、心の底の淀みを押し隠して微笑《ほほえ》む。

「本当にすごいわね、帝国中の人が、あなたに感謝と期待を寄せているわ。私も宮廷魔術師の次席として、もっともっとがんばらなくちゃね！　力ない人たちを救うことこそが、私たちのような魔法という特別な才能を授かった人間の使命なんだから！」

「………………」

ノエルがことりとペンを置く。

そして、平坦《へいたん》な声で告げた。

「……姉さん、私ね。もう魔法の時代は終わったと思うの」

「……え……？　魔法の時代が終わった、って……どういう、こと……？」

フローラの声が掠《かす》れていることに気付くことなく、ノエルは淡々と言葉を紡《つむ》いだ。

「一人でがんばって魔法を磨くやり方は、もう時代遅れで……ううん、魔法で力ない人を救うなんていう考えそのものが、もう古いんだと思う。私は、魔法が特別な才能だなんて思わない。魔術師に頼るやり方は、あまりに無駄が多すぎる」

返事はない。

ノエルは言葉を探しながら、眼鏡を押し上げた。

「それでね、姉さん。私、姉さんと力を合わせて、もっといい魔導具を作りたい。魔術師が自分を犠牲にしなくても、多くの人が救われる世の中にしたいの。それで姉さんと一緒に、たくさんの人を――……姉さん？」

扉が閉まる音がして、ノエルが振り返った時。

そこにフローラの姿はなく、ただシチューが冷めていくだけであった。

＊＊＊

「はぁっ、はぁっ……はぁっ……！」

家を飛び出した後、フローラはいつも魔法を特訓している山に来ていた。

真っ白い息が、吹雪に掻《か》き消える。

「もう、魔法の時代は終わった……？　私のやり方が、時代遅れ……？」

寒さに、悔しさに、虚しさに、手が震える。

「私はあなたに追いつこうと、こんなにがんばっているのに……私には魔法しかないのに……！」

雨の日も雪の日も、ここで一人魔法の特訓を重ねていた。

それが全て否定されたのだ。まるで最初からなかったかのように。

「ああ、あああああっ！」

喉の奥から絶叫が迸《ほとばし》った。

手をかざすと、衝動のままに魔法を放つ。

風が爆《は》ぜて木々が抉れ、積もった雪が弾《はじ》ける。

「どうしてっ……どうしてなのよ！」

事あるごとに、天才である妹と自分の差を突きつけられた。火力で劣るのならばせめて制御と精度を上げようと、血の滲《にじ》むような努力を重ねてきた。

しかし、ノエルは持って生まれた才能と奇抜な発想で、周囲に認められていった。

「いつも、いつもあなたの背中を見ていた……！　置いて行かれないように、ずっと必死で追いかけていた！　それなのに……全部、全部、無駄だって言うの……!?」

叫びながら、魔法をまき散らす。

その一部が、岩壁に貼り付いていた巨大な氷柱《つらら》を打ち砕いた。氷柱が地面を揺らしながら崩れ、深く昏《くら》い岩窟が現れる。

めちゃくちゃに魔法を放ったフローラは、全身の力が抜けて膝をついた。

「はあっ……はあっ……っ、う……ああ……あああああ……」

吹雪の山で、一人泣き崩れる。

その耳に、冷たくしわがれた声が響いた。

『ああ、可哀《かわい》そうに。誰もお前の努力をわかってくれない、誰もお前を見てくれない』

「っ、誰……!?」

弾かれたように顔を上げる。

フローラの魔法によって破壊された氷柱の破片の上。

深い岩窟の入り口で、青暗い影がひゅうひゅうと冷たい音を立てていた。

『お前が望むのなら、力を貸してやろう。妹をも凌《しの》ぐ強大な力が欲しいだろう。共に、お前の努力が正しく報われる世界を作ろうではないか』

「私の努力が、正しく報われる世界……？」

傷ついたフローラの耳に、その響きはとても甘美に聞こえた。

自分を理解してほしい。自分の努力を認め、寄り添ってほしい。

そんな心に、冷たい声は甘い毒のように染《し》み込んできた。

『さあ、我が力を受け入れよ。手を伸ばすのだ』

「あ……」

フローラはまるで誘《いざな》われるように、青い影へと手を伸ばし——その手のひらに、影が吸い込まれる。

「きゃっ……!?」

『はは、はははは！』

己の口から恐ろしい哄笑《こうしょう》が上がるのを、フローラは聞いた。

「こ、これは……⁉」

『素晴らしい、なんという魔力だ！　哀れな女よ……我がお前に代わって、世界を造り替えてやろう。この身体《からだ》と我が力を使って、この大地を氷と死で覆い尽くしてやる！』

「っ、何を……何を言っているの……⁉」

そう叫ぼうとして、指一本動かせないことに気付く。

「か、身体が……⁉」

『そうだ、貴様の身体はもはや我の物だ。お前は取り返しのつかない過《あやま》ちを犯した。お前の大切な者どもが我が呪いに呑《の》まれていく様を、その目に刻み込むがいい！　ははは、ははははは！』

身の内で氷霊の力が渦巻くのを感じながら、フローラは悔悟の涙を流した。

「ああ、私……私、なんてことを……！　ごめんなさい、私が間違っていたわ……——助けて、ノエル……！」

——こうして、フローラは悲しみと焦《あせ》りの心を氷霊につけこまれ、その力を受け入れてしまったのだった。

＊＊＊

「そんな、姉さん……」

過去の映像が消え失《う》せた後、ノエルが呆然《ぼうぜん》と立ち尽くす。

自分の言葉が姉を傷付け、姉は氷霊を受け入れてしまった——その事実が、ノエルを打ちのめしていた。

『ははははは！ これで分かっただろう。この女は、自ら望んで我が力を受け入れた。その結果、愛する国を呪いの吹雪で滅ぼすことになったのだ。なんと浅ましく、愚かな女よ……それもこれも、妹である貴様が招いたことなのだ！』

「そんな……違う、私はただ……！」

氷霊が哄笑を上げ、ノエルが膝をつく。

そんなノエルに、レクシアは吹雪に負けないよう声を張った。

「ノエル、ダメよ！ そんなヤツに耳を貸さないで！ フローラさんに伝えたいことがあるんでしょう？ だったら、負けちゃダメよ……！」

「レクシアさん……」

レクシアはノエルを背に庇《かば》うように立つと、氷霊を睨《にら》み付ける。

「人間なら誰しも、弱さや哀《かな》しみに揺れてしまうことはあるわ！　それを利用するなんて、許せない……！」

『ふはっ、ははは！　だとしたらどうする？　この身体は、まもなく我が物となる！　そのくだらぬ弱さや哀しみごと呑み込んでくれるわ！』

氷霊は一笑に付すと、氷のような視線でレクシアを射貫《いぬ》いた。

『しかし貴様、いい目をしているな。お前のような人間が絶望し、恐怖に屈服した時こそが、極上の贄《にえ》となるのだ。まずは貴様の仲間から、死の国へ送ってやろう。我が力の前に恐れ、怯《おび》え、慄《おのの》くがいい！』

氷霊がルナとティトへ手を向けると、鋭い氷片を含んだ暴風が二人へ吹き付けた。

「く、うっ……⁉　なんて、吹雪だ……ッ！」

「だめ……！　息が、できな……――」

呪いの吹雪が唸《うな》り、ルナたちの手足が凍っていく。

「ルナ、ティト！」

「っ、来るな、レクシア……！」

「ダメです、レクシアさんっ……！　逃げ、て……！」

『ははは！　いいぞ、もっとだ！　その恐れが、怯えが、我が雪と氷の力となる！』

吹雪に翻弄されながら、レクシアは青ざめた。

「このままじゃ、みんな凍っちゃう……！　どうしよう、どうすれば……！」

その胸に、ふっとウサギの言葉が蘇《よみがえ》った。

《いいか、負の感情は呪いを加速させる。戦闘も同じだ。実体のない恐怖にとらわれず、その目でしっかり見定めろ》

「負の感情は――恐怖は、呪いを加速させる……――！」

その言葉を思い出すと共に、自分がいつの間にか氷霊への恐怖にとらわれていたことに気が付く。

一度『光華《こうか》の息吹《いぶき》』を弾かれたことで、無意識の内に、力が通用しない相手がいることや、次も弾かれることを恐れてしまっていたのだ。

『さあ、これで終わりだ！』

氷霊が吼《ほ》えると同時に、氷の蛇がルナとティトへ殺到する。

「キシャアアアアッ！」

「く……糸をッ……！」

「ダメ、動けな、い……っ！」

ピシッ、ピシピシ……ッ！

蛇の牙がルナとティトに食い込み、たちまち二人が氷の彫刻と化した。

「そんな……！　ルナ、ティト……！」

『はははは！　多少は骨があったが、残念だったな！　最後の仕上げだ、お前の目の前でこいつらを粉々にしてやろう！』

氷霊が獰猛《どうもう》に嗤《わら》いながら、ルナとティトを砕こうと手をかざす。

レクシアは大きく息を吸うと、叩《たた》きつけるように叫んだ。

「やめなさいよ、バカ――――――――――――――っ！」

刹那、レクシアの全身に光が満ちた。

そして岩窟の時よりもずっと強く眩《まばゆ》い波動が放たれる。

『なっ⁉　この力は、あの時の……⁉　ば、馬鹿なっ、引き剝がされるっ！　よせ、やめろっ……ぐああああああッ⁉』

透明な波動がフローラを突き抜け、その身体から引き剝がされるようにして、青暗い影が出現した。

同時に、ルナ達を覆っていた氷がパリィィイインッ！　と剝がれ落ちる。

「あっ、氷が砕けました……！　動けます！」

「ああ、それに吹雪も止まったぞ……！」

吹雪が止《や》んだ中、氷霊から解放されたフローラが「あ……」と小さな声を残して、雪の上に倒れ込んだ。

倒れたフローラの元へ、ノエルが駆けつける。

「姉さん！」

『ああ、あああああ！　おのれ、よくも、よくも我が依代《よりしろ》を……！』

空中に、青黒く染まった禍々《まがまが》しい靄《もや》が漂っていた。昏く底の見えない双眸《そうぼう》が、苦痛と憤《ふん》怒《ぬ》に歪《ゆが》んでいる。

身悶《みもだ》える青黒い靄を、ルナが睨み上げた。

「あれが氷霊の本体か！」

「ええ！　やっと分かったわ、氷霊は人々の恐怖を糧《かて》にしてたのよ！」

レクシアたちがロメール帝国を旅している途中、何度か呪いの吹雪が弱まることがあった。それは、レクシアたちの活躍を目の当《ま》たりにした人々が希望を抱き、恐怖が薄れたからだったのだ。

「やっと正体を現したわね！　身体を失ったあなたなんか、全っ然怖くないんだからっ！　年貢《ねんぐ》の納め時よ、覚悟しなさい！」

毅然《きぜん》と指を突きつけるレクシアに、フローラの魔力を失った氷霊が忌々《いまいま》しげに吠《ほ》える。

『ぐ、ううっ、ほんの束《つか》の間《ま》依代を失ったとて、既に十分な恐怖を喰《く》らった我にとって、貴様らなど敵ではない！　貴様らを始末した後、またすぐにその女を乗っ取ってくれるわ！　そう簡単にこの我を倒せると思うなよ、人間風情《ふぜい》がァァアアアアッ！』

氷霊の激昂《げっこう》に呼応して、止まっていた氷の軍勢が雄叫《おたけ》びを上げた。

再び帝都を目指して進軍を開始する。

「ノエルはフローラさんを安全な場所に！」

「はい……！」

レクシアの指示を受け、ノエルが気を失っているフローラを連れて退避する。

ルナとティトは、氷の人形たちに向かって身構えた。

「吹雪さえなければこっちのものだ！　行くぞ、ティト！」

「はいっ！」

フローラを取り戻した一行は、ついに最終決戦に突入した。

＊＊＊

「ヴォオオオオオオオオオッ！」

猛《たけ》る人形の群れに向かって、ティトは迷わず跳躍した。

「二度と再生できないくらい、粉々にしてあげますっ！」

爪に力を溜《た》めると空中で回転し、加速した力を一気に振り下ろす。

「【雷轟爪《らいごうそう》・極】！」


「ヴォオオオオオッ！」

凄《すさ》まじい力の奔流を浴びて、氷の人形たちが粉々に砕けた。

細かい氷片の山と化してそのまま沈黙する。

「どうですか、これがウサギさんに教わった力です！」

「ヴォオオオオオ！」

着地したティトに向かって、後方にいた人形たちが一斉に氷柱《つらら》を放つ。

「！　すごい数……！　でも、全部まとめてお返ししますっ！」

ティトは両腕をクロスさせて力を集めた。

「はあああっ……！」

弓を引き絞るように極限まで力を溜め、氷柱が眼前に迫った瞬間、一気に振り抜く。

「【烈風爪《れっぷうそう》】ッ！」

すると、天を衝《つ》くような竜巻が発生した。

竜巻は氷柱を巻き込みながら氷の軍勢へ殺到し、夜空へ打ち上げた。

はるか上空で氷柱と人形たちが激しくぶつかり合って砕け、細かな欠片《かけら》となってきらきらと降り注ぐ。

自分でも予想外の威力に、ティトは唖然《あぜん》と空を見上げた。

「う、ウサギさんの特訓を受けてから、明らかに威力が上がってます……ウサギさん、すごい……」

しばし呆然として、はっと我に返る。

「この辺りの人形は、だいたい片付けました！　あとは氷霊を倒すだけ……！」

ティトは慌てて氷霊の元へ向かった。

＊＊＊

「『乱舞《らんぶ》』！」

ルナが鋭く両手を振るうと、糸が凄まじい速度で舞い、氷の軍勢を襲った。

「ヴォオオオオオオオ！」

凄まじい速度の攻撃に手も足も出ず、氷の軍勢だったものが雪のごとき粉と化す。

「ウサギ様の言うとおりだな。再生するよりも速く、再生できないまでに切り刻む……本当にそんな芸当が可能になるとは思わなかったが、まったく、恐ろしい人だ」

手を払うルナの背後で地面の氷が盛り上がり、氷の巨人が姿を現した。

「ヴォオオオオオオオオオ！」

咆哮《ほうこう》と共に腕が振り下ろされる。

ドゴオオオオオオオオオオオッ！

丸太の如《ごと》き腕が轟音《ごうおん》と共に叩き付けられ、地面が深く抉《えぐ》れた。

「ヴヴ、ヴォォ……！」

確実に獲物を仕留めたと判断したのか、氷の巨人は歓喜の雄叫びを上げ——

「甘いな」

「ヴォオオ!?」

巨人が驚愕《きょうがく》の声を上げる。

ルナはいつの間にか、地面に叩き付けられた拳の上に立っていた。

「図体《ずうたい》ばかり大きいようだが、それに見合った知能はないと見える。所詮は人形か。——次はこちらの番だな」

軽やかに跳躍すると、身を捻《ひね》りざま糸の束を放つ。

「『螺旋《らせん》』！」

ドリルのように回旋する糸が、巨人の胴体を貫いた。

ウサギとの特訓を経たそのスピードと威力は凄まじく、巨人を内側から削りながら岩へ激しく叩き付ける。

「ヴ、オ……ヴォオオオオオオオオッ⁉」

巨大な人形は内側からあっけなく砕け散り、物言わぬ氷へと戻った。

一面に散らばった欠片を見渡して、ルナはふっと息を吐く。

「仮初めの命とは、脆《もろ》いものだな」

そしてルナは氷霊を倒すべく身を翻《ひるがえ》した。

＊＊＊

一方、氷霊から離れた岩陰。

「姉さん……姉さん……！」

「ん……ノエ、ル……？」

フローラは、うっすらと瞼《まぶた》を開けた。

泣きそうな顔で自分を覗《のぞ》き込んでいるノエルを見て、涙が滲《にじ》む。

「ああ、ノエル……ごめんなさい、私っ……」

ノエルは涙ぐみながら、首を横に振った。

「違う、謝らなきゃならないのは私の方だよ。いつも言葉が足りなくてごめん。私の夢は、姉さんがいなきゃ叶《かな》えられない。この国の人たちを救うためには、姉さんの力が必要なの。お願い、力を貸して。一緒に戦ってほしい」

「ノエル……でも、私の力なんて……」

フローラの瞳が揺らぐ。

フローラは、血の滲むような努力をしてきたからこそ、自分の魔法がノエルの火力に劣ると知っていた。

しかしノエルは首を振った。

組み立てた魔銃に手を置く。

「この魔銃、姉さんの魔法に合わせて改良したの。これに、姉さんの魔法を込めてほしい」

「え？」

ウサギの助言によってヒントを得たノエルは、氷霊との決戦に備えて改良と調整を重ねていたのだ。

「この魔銃だったら、氷霊を確実に倒せる。でも、少しでも魔法の制御を間違うと暴発してしまう……私たちも無事では済まない。けど、姉さんならできる……ううん、姉さんにしかできない。氷霊《あいつ》を倒せるのは、姉さんだけなんだ」

「ノエル……」

ノエルはフローラの手を取った。

レクシアたちとの旅で、伝えることの大切さを知ったからこそ、丁寧に、心を込めて言葉を紡《つむ》ぐ。

「私、誰よりも知ってるんだ。姉さんの魔法はすごいんだって。一生懸命努力を重ねて、魔法の練習を積み上げてきたんだって。ずっと近くで見てきたんだもん」

「っ……！」

声に詰まるフローラをまっすぐに見つめて、ノエルは柔らかく笑った。

「また、姉さんが作ったシチューが食べたい。一緒に氷霊を倒して、私たちの家へ帰ろう。

そして、あの日食べられなかったシチューを食べよう」

「ええ……！」

ようやく再会を果たした姉妹は、固く抱き合った。

＊＊＊

氷の軍勢がルナとティトに打ち砕かれていくのを目の当《ま》たりにして、氷霊が戦《おのの》く。

『な……⁉ 帝国の軍や魔術師どもすら壊滅寸前に追い込んだ我が軍勢が、小娘ども相手に手も足も出ないだと……⁉ この小娘ども、一体何者なんだ……⁉』

「あなたの野望はここまでよ！ フローラさんを苛《さいな》み、帝国の人々を苦しめた報い、受けてもらうわ！」

氷霊に指を突きつけるレクシアの元に、ルナとティトが合流する。

しかし氷霊は目を歪《ゆが》め、吼《ほ》え猛った。

『笑わせるな！ 我は太古より生きる神秘！ 生半可な攻撃が通用すると思うなよ――』

その言葉半ばに、遠く離れた場所で、眩《まばゆ》い輝きが溢《あふ》れ出した。

『⁉ あれは……⁉』

氷霊の目が見開かれる。

遥《はる》か先、ノエルが魔銃を構え、フローラが手を添えているのが見える。

そしてフローラが呪文を詠唱するごとに、強大な魔法が魔銃に収束していた。

その凄まじい魔力量は、太古から生きる氷霊をも戦かせた。

『っ、依代《よりしろ》ごときが、一体何を仕掛ける気だ⁉』

「キシャアアアアッ！」

氷霊が新たに生み出した氷蛇が、ノエルたちに殺到しようと牙を剝《む》く。

「させるか！　まとめて蹴散らすぞ、ティト！　『乱舞』！」

「はいっ！　【奏爪《そうそう》】ッ！」

『ぐっ……⁉』

ルナとティトが氷蛇を切り裂き、氷霊を足止めする。

「氷霊は私たちが引き付けるわ！　ノエル、フローラさん、止《とど》めをお願い！」

レクシアの声に、ノエルは魔銃の照準を合わせながら頷《うなず》いた。

「はい！　姉さん、まだ行ける……⁉」

「ええ……！」

フローラの手から強大な風魔法が渦巻き、銃身に流れ込む。

「まだ……まだ、あとちょっと……！」

ウサギに教えられたように、限界までエネルギーを溜《た》めていく。

フローラの詠唱と共に溢れ出す眩い輝きに、レクシアは思わず目を瞠《みは》った。

「う、嘘《うそ》でしょ、あの魔法……なんて繊細な制御なの⁉　ただ魔法を放つより、よっぽど難しいわよ⁉」

「それに、なんて魔力量だ……！　並の魔術士ならとっくに魔力切れを起こしてるぞ……！」

「なんて強くて優しい光……あんな魔法、見たことがありません……！」

魔法を繊細に制御し、一定の出力を維持し続けることは、生まれ持った才能だけで為《な》し得るものではなく、長年の研鑽《けんさん》が必要になる。

今ここに、フローラの努力が実を結んだのだ。

『な──なんだ、あれは、あの輝きは……⁉　馬鹿な、人間風情《ふぜい》があれほどの魔力を……！　ええい、くそっ！　邪魔だ！』

氷霊が氷蛇をけしかけようとするが、ルナとティトによって阻《はば》まれる。

『ぐううっ……！　許さぬ、許さぬぞ！　取るに足らない小娘どもがッ……！　まとめて氷漬けにしてくれるわ……！』

氷霊が新たな氷蛇を生み出すために力を溜めようとした、その刹那。

限界まで魔法を注《っ》ぎ込まれた銃身が、眩く輝いた。

レクシアが高らかに声を張る。

「ノエル、フローラさん！　今よ！」

「姉さん！」

「ええ！」

フローラが頷き、ノエルが引き金を引いた。

「「発射《ファイア》！」」

姉妹の力を合わせた魔弾が銃口から発射され、風を巻きながら氷霊に迫る。

そして。

パアアアアアンッ！

極限まで魔法を込められ、引き絞られた魔弾が、狙い違《たが》わず氷霊を撃ち抜いていた。

『な……──』

一瞬の静寂の中、ど真ん中に風穴を穿《うが》たれた氷霊が、しわがれた声を零《こぼ》す。

信じがたいように見開かれた青暗い目が、自分を撃ち抜いたノエルとフローラに引き寄せられた。

『まさ、か……人間、風情に……小娘二人に、この我が負ける、など……！　あ、あぁアあぁアァあぁ……ああああああぁッ！』

遅れてやってきた魔弾の衝撃波が、氷霊を塵《ちり》も残さず吹き飛ばした。

＊＊＊

氷霊が消え失《う》せた後。

「……終わったようだな」

ルナが呟《つぶや》き、ティトが空を見上げてはっと息を呑《の》んだ。

「雲が……！」

厚く垂れ込めていた雲が裂け、眩い月光が差し込んでいた。

帝都の上空から雲の裂け目が広がり、国全土を覆っていた呪いが晴れていく。

満天の星を見上げて、レクシアは白い息を吐いて笑った。

「星を見るの、何日ぶりかしら！」

降り注ぐ月の光に誘われるようにして、帝都の人々が外に出てきた。

「つ、月だ……月が見えるぞ……！」

「吹雪が止《や》んでる！　全部終わったんだ……！」

「あの子たちが勝ったんだ！　帝都を、ロメール帝国を救ってくれたんだ！」

星が輝く夜空の下。

限界まで魔法を注ぎ込んだフローラは、肩で息をしていた。

「はぁっ……はぁっ……やった、の……？」

「姉さん！」

「きゃっ⁉」

ノエルが思い切り抱きつき、フローラが驚く。

「やったやった、氷霊をやっつけた！　やっぱり、姉さんの魔法はすごいよ！」

「ノエル……。ううん、あなたの魔導具があったからよ。私一人では倒せなかった。……それに、私の心の弱さのせいで、みんなを辛《つら》い目に遭わせてしまった……」

星空の下で喜び合っている帝都の人たちを見渡して、フローラは悲しそうに顔を歪めた。

「私はもう、この国にいられないわ。国を出て、どこか遠くの地で罪滅ぼしをしながら生きようと思うの」

「何言ってるの？　みんな、姉さんを責めてなんかいない。姉さんの帰りを待ってる。この国にも私にも、これから姉さんの力が必要になる。だから……」

「だめよ、ノエル。私には、あなたと一緒にいる資格なんて……」

　するとノエルは、唐突に切り出した。

「姉さん、パンを焼くの苦手でしょ？」

「え？」

「姉さん、料理は上手だけど、パンだけはどうしても焦がしちゃうでしょ？　だから……パンは私が焼くから、姉さんはシチューを作って。姉さんのシチュー、大好きなの」

「ノエル……」

「苦しかったこと、悲しかったこと、ずっと気付かなくてごめん。言葉が足りずに、追い詰めてしまってごめん。今度こそ、ちゃんと伝えるよ。私は姉さんが大好き、世界で一番尊敬してるし、頼りにしてる。私にもロメール帝国にも、姉さんが必要なんだ」

　ノエルはフローラをまっすぐに見つめ、手を握る。

「姉さんが苦手なことは、私がやる。だから、私ができないことは、姉さんの力を貸して。

これからも、ロメール帝国のために、二人で力を合わせていこう」

フローラは言葉を失っていたが、やがて震える声と共に、涙をこぼした。

「ノエル……ありがとう……」

帝都が歓声に包まれる。

固く抱きしめ合う姉妹を見守りながら、レクシアたちは清々《すがすが》しい声を上げた。

「これで一件落着ね！」

「はい！　仲直りできて良かったです」

「やれやれ、明日の太陽が待ち遠しいな」

晴れ渡った夜空に、白い息が溶けていく。

こうして、呪いの吹雪に閉ざされていたロメール帝国に、ようやく晴れ間が訪れたのだった。

エピローグ

氷霊を倒したレクシアたちは王城に招かれ、暖かいベッドでゆっくりと眠った。

そして、次の日。

レクシアたちは謁見の間に立っていた。

窓からは燦々《さんさん》と太陽の光が降り注ぎ、居並んだ人々の顔は晴れやかだ。

明るい雰囲気の中、シュレイマンが口を開く。

「レクシア殿、ルナ殿、ティト殿。よくぞロメール帝国の呪いを解き、フローラを救ってくれた。心から礼を言う」

「本当にありがとうございました」

フローラとノエルも、シュレイマンに続いて頭を下げる。

シュレイマンは未《いま》だに信じがたいように首を振った。

「まさか、本当に氷霊を倒すとは……レクシア殿とそのご一行がサハル王国の危機を救ったと聞いた時には、正直半信半疑であったが、今となっては、少しでも疑った己が恥ずかしい。その勇壮なる活躍、我が国において長きにわたり語り継がれることであろう」

「それほどでもあるわね！」

「こら、レクシア。少しは慎め」

居並んだ魔導士や兵士から、くすくすと笑みが漏れる。

「国の危機を救ってくれた英雄に釣り合うかは分からぬが……これはほんのお礼だ。受け取って欲しい」

シュレイマンに促されて、臣下がレクシアたちに恭《うやうや》しくアイテムを差し出す。

それは、雪の結晶のように美しい盾だった。

「それは『六花《りっか》の盾』といってな。物理攻撃はもちろん、どんな炎も無効化するという。初代帝王が雪の女神より賜ったとされる、ロメール帝国の王家に伝わる至宝だ」

「こ、これはとんでもない代物だぞ⁉」

「サハル王国の宝剣に続いて、また伝説級のアイテムが……！」

「すごく綺麗《きれい》な盾ね！　ありがとうございます、シュレイマン様！」

レクシアは『六花の盾』を受け取って、思い出したように首を傾《かし》げた。

「そうそう、ところで、次に行くあてがないのよね。シュレイマン様、他に何か困っていることはない？　それか、困っている人を知らない？　どこにでも行って助けるわ！　あっ、でも移動手段がないから、行きやすい所だと助かるわ！」

「ふ、ふたつの国を救った上で、まだ旅を続けるというのか……！」

「当然よ！　世界を救うまで、この旅に終わりはないんですからね！」

「そろそろ一度、アルセリア王国に顔を出して欲しいんだがな」

ルナは、レクシアの父であるアーノルドや護衛のオーウェンの心労を思いつつ呟くが、レクシアはどこ吹く風であった。

シュレイマンは驚きつつも、しばし思案した。

「そういうことであれば……貴殿らは、リアンシ皇国を知っているか？」

「大陸の東に位置する、歴史ある皇国ですね」

ルナの返事に頷《うなず》いて、シュレイマンは続けた。

「我の妹が、リアンシ皇国に嫁いで皇后となっているのだが、その一人娘――シャオリン皇女が、ひどくわがままに育ってしまってな。教育係や家庭教師はことごとく逃げ、あるいはシャオリンが追い返してしまったらしい。妹も手を焼き、このままでは皇女として相応《ふさわ》しくないと嘆いておる……かの皇国では皇位継承争いも激しいと聞くし、姪《めい》の行く末が心配だ。リアンシ皇国とは国交が盛んなので、街道も整備されておる。もしレクシア殿たちが、本当に旅を続けるというのであれば……」

「分かったわ！　シャオリン様を皇女として恥ずかしくない淑女にするために、家庭教師をしてほしいってことね！　それって、私にぴったりな依頼だわ！　それに街道があるのもとっても助かるし！」

レクシアは目を輝かせると胸を張った。

「任せて、シュレイマン様！　私がお手本になって、シャオリン様に淑女として正しい振る舞いを身に付けさせてあげる。きっと皇女に相応しい、完璧なレディにしてみせるわ！」

「どの口が言ってるんだ……？」

ルナの呟きは、もちろん華麗にスルーされた。

「何から何まで、恩に着る。アーノルド殿には、その旨《むね》我からお伝えしておこう」

「ええ、よろしくお願いします！　あっ、でもあんまり心配させるとうるさいから、なんか良《い》い感じに丸め込んでくださると嬉《うれ》しいわ！」

「丸め込むって、お前な……」

「ま、前から疑問だったんですけど、アルセリア王国の王族さんって、もしかしてとても緩いんですか……？」

「いや、レクシアが特別突拍子もないだけだ。……たぶん」

レクシアの父であるアーノルドも、なんだかんだ言いつつ毎回娘のわがままに押し切られているため、断言できないルナであった。

「レクシア殿たちが行ってくれるというなら心強い。我が妹にもさっそく文を送ろう」

「シュレイマン様ったら、あんな難しいお願いを……大丈夫かしら？」

心配そうなフローラに、ノエルが笑いかけた。

「心配いらないよ、姉さん。レクシアさんたちなら、きっとどんな難題だって、華麗に解決するから。この国と私たちを助けてくれたみたいに」

「……ええ、そうね」

ノエルとフローラは、賑《にぎ》やかなレクシアたちを見つめて微笑《ほほえ》んだのだった。

＊＊＊

レクシアたちがノエル姉妹と一緒に王城を出ると、帝都中の人々が嬉しそうに出迎えた。

「あっ、救世主様がいらっしゃったぞ！」

「ロメール帝国を救ってくれてありがとう、可愛《かわい》い救世主さん！」

「氷霊と戦うのを見てたよ、すごくかっこよかった！」

青空に割れんばかりの拍手が響き、紙吹雪が舞う。

門番たちも笑顔で見送ってくれた。

「またロメール帝国に来てくれよな、シスターさん！」

「その時は、とびきりいい酒をごちそうするぜ！」

「ええ、楽しみにしてるわ！」

帝都の人々は、ノエルとフローラにも声を掛ける。

「フローラ様、ご無事で良かった……！」

「今後はノエル様と共に魔導具の開発にも携わると伺いました！　応援しております！」

人々は、フローラが優秀な魔術師として研鑽《けんさん》を重ね、国中の村や町を救っていたという事実を理解していた。そのため、元凶である氷霊が破れた今、フローラを責める人は一人もおらず、むしろフローラが助かったことを心から喜んでいた。

「ええ、みんな、ありがとう……！」

フローラは優しい声に涙ぐみ、ノエルは目を細めてそんなフローラを見つめる。

帝都の出口では、橇《そり》が待機していた。

「あっ、橇だわ！　……でも、【スノウ・ファング】がいないわね？」

「はい、こちらは新たに開発した『陸の上ぐんぐんすすむくん一号』です。ハイパワーの魔導具を搭載することで、スノウ・ファングなしで稼働《かどう》できます。まだ実験段階ではありますが、雪上はもちろん、雪のない陸地にも対応できます」

「すごいわ！　ありがとう！」

「ただし、リアンシ皇国に着いたら、ひと気のない所で処分してください」

「もしかして、リアンシ皇国に着いたら爆発するのか……？」

　橇の使い方の説明を受け、荷物を積み終わると、フローラが噛《か》みしめるように頭を下げた。

「本当にありがとうございました。旅のご無事を祈っております。どうかお気を付けて」

「ええ。フローラさんも元気でね！　今度、みんなで一緒に温泉に入りましょう！」

「はい、楽しみにしております」

　嬉しそうに微笑むフローラの隣からノエルが進み出て、レクシアに短剣ほどの大きさの魔導具を差し出した。

「こちらをどうぞ」

「これは？」

「魔銃です。昨夜一晩で小型化し、さらに改良を施しました。魔力を装塡して撃つことができます」

「昨日一晩でここまで小型化したのか⁉」

「ノエルさん、いつ寝てるんですか⁉」

ルナとティトが驚き、レクシアが目を輝かせる。

「そんなすごい物、もらっていいの⁉」

「お前、いろいろともらいすぎだろう！　一体どこを目指してるんだ⁉」

「宝剣と伝説の盾と魔銃……完全武装ですね……！」

ノエルとフローラは、視線を交わして笑った。

レクシアの手に弾を乗せる。

「こちらの魔弾には、姉の魔法が込められています」

「フローラさんの魔法が？」

「ええ。私たち姉妹で作った、最初の作品です。ほんのお礼ではありますが、ぜひみなさんの旅に役立てていただければと」

「そんな大切な物をくれるなんて、嬉しいわ！　ありがとう！」

「ただし、注入する魔力量を誤ると爆発するのでお気を付けて」

「……レクシア、一生使うなよ」

「なんでよー⁉」

ノエルは賑やかなレクシアたちを目を細めて見守っていたが、不意にレクシアに抱きつかれた。

「きゃっ⁉　どうしたの、ノエル？」

ノエルは「……スキンシップです」と、はにかみながら笑った。

「みなさんがいなかったら、この国も、私たち姉妹も、今ここにいなかった。みなさんは生涯の恩人です。本当に……本当に、ありがとうございます」

「ノエル……私たちも、あなたと会えて良かったわ！」

レクシアはぎゅっとノエルを抱きしめ返し、ルナとティトも微笑む。

一行は、ノエルとフローラと抱擁を交わした。

「どうぞお気を付けて」

「何かあればご連絡ください。いつでも力になります」

「ええ！　とても楽しかったわ、ありがとう！　また会える日を楽しみにしてるわ！」

多くの人々に見送られて、レクシアたちは帝都を出発した。

＊＊＊

「すごいすごい、速いわーっ！」

青く晴れた空の下、橇は真《ま》っ新《さら》な雪原を爆走する。

ティトが、ハンドルを操作するルナを驚きながら覗《のぞ》き込んだ。

「わあっ、ルナさん、運転までできるんですね……！　すごいです！」

「初めてのことで最初はどうなるかと思ったが、慣れれば簡単だな」

「私も運転してみたいわ！　ルナ、代わって！」

「頼むから大人しく座っていてくれ」

冷たい風を受けながら、ルナは浅く息を吐いた。

「やれやれ、それにしても、今回もとんだ騒動に巻き込まれたな」

「でも、ノエルさんとフローラさん、仲直りできて良かったですね」

すっかり肩の力を抜いているルナとティトに、レクシアが真剣な顔で腰に手を当てた。

「気を抜いちゃだめよ、二人とも！　困っている人がいる限り、世界を救う旅はまだまだ続くんですからね！」

レクシアは眩《まばゆ》い金髪をなびかせて、遠く東の方を指さす。

「というわけで、目指すは東方——歴史と伝統の国、リアンシ皇国！　次の使命は、わがまま皇女様の家庭教師よ！」

「はあ、どうなることやら……」

「ふふ、また退屈しない旅になりそうですね」

こうしてレクシアたちは、ロメール帝国を後にしたのだった。

後日譚　温かな食卓

レクシアたちの活躍によって、平和を取り戻したロメール帝国の帝都——その中心に聳《そび》える王城。

晴れ渡った空の下で、賑《にぎ》やかな大捕物が繰り広げられていた。

「わふ！　わふわふ！」

「そっちに行ったぞ！」

「こら、シュレイマン様の王冠を返せ！」

王冠をくわえた橇犬《そりいぬ》——スノウ・ファングが、雪の積もった庭を疾風のごとく駆け回り、必死の形相の兵士たちがそれを追いかける。

少し前、シュレイマンが地方都市の視察に出る前にスノウ・ファングと戯《たわむ》れていたのだが、はしゃいだスノウ・ファングがシュレイマンの王冠を強奪して逃げてしまったのだ。

「わふわふ！」

「はぁ、はぁっ……は、速い……！」

「くっ、視察の出発まで時間がないのに……！　あんなの、誰も追いつけないぞ……！」

兵士たちが音を上げた時、スノウ・ファングの行く手にノエルが飛び出した。

ラッパのような魔導具を構えて、吼《ほ》える。

「さあ出番です、『不協和音でビビらせるくん一号』っ！」

ノエルが引き金を引くと、世にも奇妙な不協和音が鳴り響いた。

「キャンッ⁉」

「うおっ⁉　な、なんだ、この音は⁉」

「さあ、王冠を返すのです」

怯《ひる》んでいるスノウ・ファングにノエルが近付き、手を差し出した瞬間——


ぼがあああああああああんっ！


『不協和音でビビらせるくん一号』が爆発した。

「ば、爆発した————⁉」

「ノエル様————⁉」

「わ、わふぅ～」

兵士たちが慌てふためいている間に、スノウ・ファングが不協和音の余韻でふらふらしながら逃げようとする。

そこに息を切らせたフローラが駆けつけた。

「はぁ、はぁ、やっと追いついたわ……！　今捕まえるから、ちょっと大人しくしていてね！」

フローラが呪文を唱えると風がふわりと渦巻き、スノウ・ファングを優しく持ち上げた。

「わふ？」

「大丈夫よ、怖くないからね」

スノウ・ファングはふわふわと浮かびながら、フローラの前に移動し、地面に降りる。

「よしよし、良い子ね。さあ、王冠を返して、お城に戻りましょう？」

「わふー！」

フローラが撫《な》でると、スノウ・ファングはしっぽを振りつつフローラに王冠を渡した。

「さ、さすがフローラ様、お見事です……！」

「あんな繊細な魔法、優秀な魔術師が十年かけて習得できるかどうか……！」

「ノエルが足を止めてくれたからよ。私の魔法だけでは捕まえられなかったわ」

「そ、そうだ、ノエル様は⁉」

兵士たちが振り返った先、ノエルが平然と眼鏡の煤《すす》を拭いていた。

「ご心配なく。爆発は想定内です」

「想定内なのですか⁉」

「そ、それにしても、あの魔導具は一体……？」

「音によって相手を足止めする『不協和音でビビらせるくん一号』です。さらに、音量を最大にすれば、音圧で魔物を吹き飛ばすことも可能です」

「す、すごい……！」

「また、今は『不協和音でビビらせるくん』ですが、うまくいけば好きな時に好きな音楽を再生できる『どこでも音楽たのしめーるくん』になります」

「ということは、あの魔導具があれば、楽器もなしに音楽を楽しめるようになるということか……？　そんなことを可能にするなんて、やはり凄《すご》い方なんだな。……爆発したが」

「ああ。その上魔物対策にも役立つなんて、あれが普及すれば、辺境の村も魔物に脅《おびや》かされることがなくなるな。本当に素晴らしい才能だ。……爆発したが」

「失敗《爆発》は成功の母。数多《あまた》の失敗の先に、ひらめきが宿るのです」

ノエルは眼鏡を光らせつつも、眉を寄せた。

「しかし、出力の調整がどうも上手《うま》くいきませんね。どうしたものか……魔鉱石の消費エネルギーを上げれば出力は上がるが、そのぶん暴走する可能性も高くなる……」

それを聞いていたフローラが小首を傾《かし》げる。

「それなら、風属性の魔法の応用で、何とかできないかしら。例えば、空気を振動させて広範囲に声を拡散する魔法があるのだけれど……」

するとノエルは目を輝かせ、フローラの両手を握った。

「そうか、内部構造にこだわるんじゃなくて、空気そのものに干渉すればいいのか！　さすが姉さん！　その魔法、お手本として見せてくれる⁉」

「ええ、もちろん。でもその前に、一度帰ってお昼にしましょう？　今日はシチューにしようと思うの」

シチューという言葉に反応して、ノエルのおなかがくるるる～と鳴った。

「……そういえば、新作の『思い浮かべた絵がすらすら描けるちゃん一号』と『冷めた料理をあつあつ温めるくん一号』の開発に夢中で、朝から何も食べてないんだった」

「ふふ、ノエルったら、一度夢中になると何も目に入らなくなるものね」

フローラは兵士に王冠を渡しながら微笑《ほほえ》んだ。

「それでは私たちは、一度家に戻りますね。シュレイマン様に、道中お気を付けてとお伝えください」

「あ、は、はいっ！　ありがとうございました！」

ノエルはすたすたと、フローラはにこやかに手を振りながら去っていく。

「……ノエル様、いつもは無表情な方だが、フローラ様とご一緒で嬉《うれ》しそうだったな」

「ああ。フローラ様もいきいきとしておられる。やはりロメール帝国には、お二人がいなくてはな」

兵士たちは無事に取り返した王冠を手に、仲良く家路を辿《たど》る二人の背中を和やかに見送ったのだった。

＊＊＊

王城にほど近い場所にある、二人の家。

「それじゃあ、さっそくシチューを作りましょう！　あっ、その前にパンを焼かなきゃね。今日こそは上手く焼けるといいんだけど……」

「待って、姉さん。私にとっておきの秘密兵器があるの」

ノエルが部屋から持ち出した大きな箱を見て、フローラが目を丸くする。

「この魔導具は？」

「ようやく完成したんだ。名付けて『ふかふかパン焼け～るちゃん一号』。パンを焼くのが苦手な姉さんのために、密《ひそ》かに開発してたの。これに材料を入れれば、あっという間にふかふかのパンが焼き上がるよ」

「まあ、材料を入れるだけでいいなんて、とっても便利ね！　ありがとう、ノエル！」

二人で材料を入れ、魔導具を稼働《かどう》させる。

すると――

ウィィイイイン！　ガタガタガタガタ！　バタンバタンバタン！

『ふかふかパン焼け～るちゃん一号』が、生き物のように暴れ始めた。

「きゃっ⁉　す、すごいわ、生きてるみたいね⁉　ノエル、これも『ふかふかパン焼け～るちゃん一号』の機能なの⁉」

「いや、こんな機能は搭載してない……！　まさか、暴走してる⁉」

「え、えええええええっ⁉」

『ふかふかパン焼け～るちゃん一号』はぴょんぴょんと飛び跳ね、ごろごろと転げ回ったかと思うと、突然ノエルに向かって勢いよく飛び掛かってきた。

「きゃ……⁉」

「危ない、ノエル！」

フローラが魔法を放つと風の渦が魔導具を包み込み、一瞬にしてばらばらに分解した。

「ああっ、ごめんなさい！　せっかく作ってくれたのに、壊してしまったわ……！」

「ううん、守ってくれてありがとう。咄嗟《とっさ》にあんな高度な魔法を放てるなんて、やっぱり姉さんは凄いや」

ノエルは感嘆の声を上げると、ぶつぶつと呟《つぶや》き始める。

「でもおかしいな。理論上はうまくいくはずだったんだけど……素材の組み合わせが悪かったのかな。だとしたら機構を構築し直して……」

「……あら？　見て、ノエル！　パンがとってもおいしそうに焼けてるわ！」

フローラの声を聞いて、ノエルは食卓に目を遣った。

ばらばらになった魔導具の残骸の上に、綺麗《きれい》に焼けたパンが残されている。

「む？　なるほど、機構そのものは成功してたのか。なら筐体《きょうたい》の強度を上げれば……」

「……ふふ。ふふふ」

「？　どうしたの？」

「だって、あんなに暴走したのに、ちゃんとパンが焼けているのがなんだか可笑《おか》しくて」

無邪気に笑うフローラに、ノエルも目を細めた。

テーブルを片付けてパンをお皿に移し、その後シチューとサラダも作ると、食卓について手を合わせる。

「まあ！　このパン、ふわっふわだわ！　柔らかくて甘くて、とってもおいしい！」

「良かった。シチューもすごくおいしいよ。やっぱり姉さんのシチュー、大好き」

「ふふ。ノエルはたくさん食べてくれるから、作りがいがあるわ」

パンを食べながら、フローラが眉を下げる。

「でも、『ふかふかパン焼け〜るちゃん一号』、せっかく作ったのに残念だったわね」

「大丈夫。失敗は成功の母だもん、いいデータが取れたから、次はもっと完成度の高いものが作れる。これ以上に完璧なパンを焼いてみせるよ」

へこたれないノエルに、フローラは柔らかく微笑んだ。

「ノエルは本当に前向きね。だからこそ、ロメール帝国を魔導具で豊かにするという、誰も考えなかった偉業を実現することができたのね」

するとノエルは、首を振った。

「ううん。実を言うとね……本当は、何度も挫《くじ》けそうになったんだ。最初は魔導具のことなんて、誰も理解してくれなかったし、失敗ばかりだったし。……でも、姉さんのおかげで、ここまでがんばれたんだよ」

驚くフローラを、ノエルはアイスブルーの瞳で優しく見つめた。

「姉さんは、いつも努力し続けていたよね。帝都の人たちを幸せにするんだって、自分がどんなに疲れていても、誰も見ていなくても、毎日真剣に魔法に向き合い続けた。だから私も、負けちゃダメだ、諦めちゃダメだって……姉さんみたいになりたいんだって、そう思って自分を奮い立たせることができた。今の私があるのは、姉さんのおかげなんだよ」

「え？」

「ノエル……」

「それに、レクシアさんたちにも、前向きになることの大切さを教えてもらったしね」

姉妹は顔を見合わせて笑った。

「レクシアさんたち、そろそろリアンシ皇国に着く頃かしら？」

「うん。リアンシ皇国にも温泉があるから、今頃みんなでゆっくりしてるかもね」

「ふふ、そうね。また会える日が楽しみだわ」

ノエルとフローラは、ふわふわのパンと温かなシチューを食べながら、遠い空の下にいるであろうレクシアたちに想《おも》いを馳《は》せるのだった。

あとがき

こんにちは、琴平稜《ことひらりょう》です。

このたび「異世界《いせかい》でチート能力《スキル》を手《て》にした俺《おれ》は、現実世界《げんじつせかい》をも無双《むそう》する」ガールズサイド2巻が発売となりました。

これも支えてくださった方々、応援してくださった皆さまのおかげです、本当にありがとうございます。

今回、レクシアたちは舞台を砂漠から北の国へ移し、雪に覆われた大地で国の存亡を懸けた大冒険を繰り広げます。

今巻では、様々な魔導具を開発するノエルというヒロインが登場します。

「いせれべ」本編に出てくるユニークな『日用品アイテムシリーズ』が大好きなので、様々な魔導具を考えるのがとても楽しかったです。

少しでも楽しんでいただけましたら嬉しいです。

それでは、謝辞に移らせていただきます。

大変お忙しい中監修してくださった美紅《みく》先生。大海のごとき優しさと太陽のような温かいお言葉に、いつも救われております、本当にありがとうございます。

大変お世話になりました編集様。いつも丁寧で細やかなご指導をいただき、おかげさまで不束《ふつつか》者ながら、今回もなんとかゴールに滑り込むことができました。

美麗なイラストで、レクシアたちをこの上なくいきいきと可憐《かれん》に描いてくださる桑島《くわしま》先生。イラストを拝見する度に、全て額に入れて飾りたい衝動と戦っております。

そして、この本をお手に取ってくださっている皆さま。

本当にありがとうございます。

四月にアニメ化を控えている、おもしろさ規格外の「いせれべ」を、皆さまと一緒に盛り上げていけるよう全力を尽くしますので、引き続き見守っていただけますと幸いです。

それでは、またお会いできる日を願いつつ。

琴平稜

お便りはこちらまで

〒一〇二－八一七七
ファンタジア文庫編集部気付
琴平稜（様）宛
美紅（様）宛
桑島黎音（様）宛

富士見ファンタジア文庫

異世界《いせかい》でチート能力《スキル》を手《て》にした俺《おれ》は、
現実世界《げんじつせかい》をも無双《むそう》する　ガールズサイド2
～華麗《かれい》なる乙女《おとめ》たちの冒険《ぼうけん》は世界《せかい》を変《か》えた～

令和5年3月20日　初版発行

著者――琴平《ことひら》　稜《りょう》
原案・監修――美紅《みく》

発行者――山下直久
発　行――株式会社KADOKAWA
〒102-8177
東京都千代田区富士見2-13-3
0570-002-301（ナビダイヤル）
印刷所――株式会社暁印刷
製本所――本間製本株式会社
本書の無断複製（コピー、スキャン、デジタル化等）並びに無断複製物の譲渡および配信は、著作権法上での例外を除き禁じられています。また、本書を代行業者等の第三者に依頼して複製する行為は、たとえ個人や家庭内での利用であっても一切認められておりません。

※定価はカバーに表示してあります。
●お問い合わせ
https://www.kadokawa.co.jp/（「お問い合わせ」へお進みください）
※内容によっては、お答えできない場合があります。
※サポートは日本国内のみとさせていただきます。
※Japanese text only

ISBN978-4-04-074921-1 C0193　◇◇◇

©Ryo Kotohira, Miku, Rein Kuwashima 2023
Printed in Japan

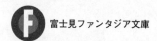

切り拓け！キミだけの王道
ファンタジア大賞
原稿募集中！
賞金
《大賞》300万円
《金賞》50万円
《銀賞》30万円
選考委員
細音啓 「キミと僕の最後の戦場、あるいは世界が始まる聖戦」
橘公司 「デート・ア・ライブ」
羊太郎 「ロクでなし魔術講師と禁忌教典《アカシックレコード》」
ファンタジア文庫編集長
前期締切 8月末日
後期締切 2月末日
公式サイトはこちら！ https://www.fantasiataisho.com/
イラスト／つなこ、猫鍋蒼、三嶋くろね